SUR LA GRÈVE.

RÊVERIES

PAR

Mlle CLARA REYNARD.

PARIS

TYPOGRAPHIE DE PLON FRÈRES,
IMPRIMEURS DE L'EMPEREUR,
8, RUE GARANCIÈRE.

MDCCCLV

SUR LA GRÈVE.

—

RÊVERIES.

SUR LA GRÈVE.

RÊVERIES

PAR

Mlle CLARA REYNARD.

PARIS

TYPOGRAPHIE DE PLON FRÈRES,
IMPRIMEURS DE L'EMPEREUR,
8, RUE GARANCIÈRE.

MDCCCLV
1854

A SA MAJESTÉ

L'IMPÉRATRICE.

———◦———

Madame,

La bonté avec laquelle Votre Majesté accueille ceux
qui invoquent son nom me fait espérer que cet album,
que je serais fière de placer sous sa haute protection,
sera accepté par Elle. Un vieux serviteur de l'Empire

m'a élevée, et m'a appris dès mon enfance à aimer la cause à laquelle il avait sacrifié sa vie entière. Depuis son retour de l'île d'Elbe, où il avait l'honneur de servir S. M. Napoléon Ier en qualité d'ingénieur, sa famille, qui est devenue la mienne, a vu de mauvais jours. Ce que j'avais de fortune, je l'ai employé sans regrets à soutenir jusqu'à sa mort celui qui a fait passer dans mon cœur et m'a laissé pour seul héritage le dévouement dont le sien était rempli.

Ces chants, écrits presque tous pendant des heures de tristesse et d'abandon, sont l'expression vraie des sentiments qui remplissaient mon âme aux moments où ils furent composés. Je les aime, et j'ose les dédier à Votre Majesté. L'infortune, en m'enlevant ce qui donne joie et bonheur sur la terre, a pourtant laissé vivre en moi l'espoir que mon offrande sera reçue

❀ VII ❀

favorablement par Elle, et que mes vers, pauvres
fleurs que l'ouragan menace de briser, s'épanouiront,
doucement réchauffés par ses doux regards.

C'est avec cette consolante conviction que je me dis
avec respect,

Madame,

de Votre Majesté.

La très-humble et très-obéissante servante,

Clara Reynard.

Paris, le 15 juillet 1854.

Ma jeunesse a passé sombre comme un orage.
Nul rayon ne scintille à travers le nuage
Dont sans cesse pour moi les Cieux sont obscurcis.
Soyez pour mes regards l'étoile lumineuse
Que le marin perdu, sur une mer houleuse,
Découvre à l'horizon et contemple surpris.

Qu'au bord de cet abîme, où l'infortune entraîne,
Votre pieuse main m'arrête et me soutienne !
Si le vœu que je forme est par vous entendu,
Si mes accents, écho d'une longue sonffrance,
Exercent sur votre âme une douce influence,
Le repos à mon cœur bientôt sera rendu.

CLARA REYNARD.

Paris, le 25 juin 1854.

LE

PRISONNIER DE HAM.

AUX MANES

DE L'EMPEREUR.

Captif d'une puissance ennemie et rivale,
Après avoir longtemps dormi sur un écueil,
Sire, vous revenez vers votre Capitale,
Et tout un peuple sert d'escorte triomphale
Au char qui, dans Paris, conduit votre cercueil.

Tandis que votre cendre est rendue à la France,
Qu'en la suivant chacun garde un morne silence
Interrompu souvent par un profond sanglot,
Pour voir passer de loin vos grandes funérailles,
Mon regard cherche en vain à franchir les murailles
Dont l'ombre épaisse attriste et glace mon cachot.

Si vous ne trouvez point, penchés sur votre bière,
Des enfants qui devraient en ce jour l'entourer,
C'est qu'on leur interdit de mêler leur prière
A celles que pour vous redit la France entière;
Jamais sur votre tombe ils ne viendront pleurer.

Sur eux on assouvit une implacable haine.
De porter votre nom, ils subissent la peine,
Et n'ont pas, comme vous, pour magique horizon,
Ces brillants souvenirs qui remplissent la vie,
Qu'en vain voudrait ternir le souffle de l'envie,
Et dont peut s'éclairer l'exil ou la prison.

Sire, vous êtes mort loin de votre patrie;
Notre pieuse main n'a pas fermé vos yeux;
A travers l'Océan, votre voix affaiblie
Par une déchirante et cruelle agonie,
A votre fils banni fit ses derniers adieux.

Comme un aigle enchaîné parmi des roches nues,
Martyr des nations que vous aviez vaincues,
De l'exil fièrement vous subîtes l'affront,
Et ces rois, qu'écrasait l'éclat de votre gloire,
Dont la postérité flétrira la mémoire,
N'auraient pas devant vous osé lever leur front.

En brisant votre sceptre, ils eurent l'espérance
Qu'à l'oubli désormais vous seriez condamné.
Mais un écho lointain redit votre souffrance,
Les douleurs qui devaient finir votre existence,
Et le regard sur vous s'arrêta consterné.

SUR LA GRÈVE.

Le bruit des flots battant la grève solitaire
Ne viendra plus troubler votre noble poussière.
Dans ces lieux seul vivra votre grand souvenir;
Et le marin, bercé par la vague incertaine,
A l'horizon brumeux cherchera SAINTE-HÉLÈNE,
Où l'Empereur trahi vint noblement mourir.

Ce peuple, qui vous aime, auprès de vous encore
Se presse, comme au temps où votre voix sonore
L'appelait pour courir à de nouveaux combats.
Mais, parmi ces grands cœurs formant votre cortége,
Plus d'une âme anxieuse, et que la crainte assiége,
Se dit tout bas : « Seigneur, ne le réveillez pas ! »

Laissez tous ces ingrats renier et maudire.
Leurs voix s'élèveront vainement pour nous dire
Qu'un météore éteint ne peut se rallumer;
Ce jour, de votre nom révèle la puissance.
Rien ne peut affaiblir sa magique influence,
Et la France jamais n'a cessé de l'aimer.

Ces sympathiques pleurs accueillant votre cendre,
Hommage qu'au retour un peuple vient vous rendre,
Raniment mon espoir, affermissent ma foi.
Le passé que j'évoque est plein de votre image;
C'est elle qui me guide, exalte mon courage,
Me pousse vers le but où je cours sans effroi.

VERS

A S. A. I. LE PRINCE LOUIS-NAPOLÉON

A SON PASSAGE A MONTPELLIER.

Reçois, comme un tribut, l'hommage de nos villes.
N'as-tu pas apaisé nos discordes civiles,
Pour nous, comme un athlète, assez d'heures lutté ?
Dans nos regards amis, lis avec confiance
Le tendre sentiment que la reconnaissance
    Semble à notre âme avoir dicté.

L'abîme était profond : sur ses pentes rapides
Nous courions, entraînés par des mains homicides.
Ivres d'un fol orgueil, d'avides factieux
Avaient, imitateurs d'Icare, pris son aile ;
Sans toi leur chute, hélas ! aurait été mortelle,
    Et nous périssions avec eux.

Pour nous sauver, longtemps tu souffris en silence ;
Mais dans ton noble cœur grandissait l'espérance
Qu'un succès éclatant vint enfin couronner.
Tu croyais à l'amour de ce peuple héroïque
Pour ton nom glorieux, dont le pouvoir magique
    Sait le convaincre et l'entraîner.

L'émeute contre toi s'était en vain dressée,
Vainement des tribuns la cohorte insensée,
Méconnaissant tes droits, eût voulu te bannir.
Une acclamation universelle, immense,
Comme un sublime écho retentit, et la France
    Te confia son avenir.

Des temps miraculeux dont notre sainte histoire
Par la tradition conserve la mémoire,
Le cours interrompu recommence pour nous.
Dieu rend à l'exilé son berceau, sa patrie,
Et donne pour sauveur, à la France ravie,
L'héritier de ce nom que nous chérissons tous.

Quelques jours parmi nous va se dresser ta tente.
Tu viens d'un soleil pur, d'une mer scintillante,
Admirer un instant les prismatiques feux.
Que nos brises pour toi soient toujours embaumées,
Et que de nos hameaux, les peuplades charmées,
Vers toi comme un encens fassent monter leurs vœux !

D'un ciel oriental notre ciel est l'image.
Nos flots harmonieux, déroulés sur la plage,
Viendront en longs festons, à tes pieds déposer
Dans son humide écrin la coquille nacrée,
L'algue à l'âcre parfum, que la vague azurée
Semble amoureusement sur la grève baiser.

Quand sur les biens si chers, qui font notre richesse,

Le regard ébloui se pose avec ivresse,

Après Dieu, c'est ta main que nous devons bénir.

Elle a, victorieuse, enchaîné l'anarchie :

Par toi, d'un joug honteux la France est affranchie,

Et du passé déjà s'éteint le souvenir.

Comme un brouillard qu'à l'aube un clair rayon essuie,

De nos cœurs alarmés la terreur s'est enfuie.

De larges horizons vont s'ouvrir devant nous,

Car ton appui suprême a par son influence

D'un pays oublié rappelé l'importance,

Et de tous nos désirs exaucé le plus doux.

Cette, le 1er octobre 1852.

RÉPONSE DE L'ÉLYSÉE.

Paris, le 8 octobre 1852.

Madame,

Le Président de la République a bien voulu me charger de mettre à part, pour les lui présenter à son retour, tous les morceaux de littérature dont on lui fera l'hommage dans les diverses localités qu'il se propose de parcourir. Je suis donc heureux de vous informer que j'ai reçu les vers que vous avez adressés à Son Altesse Impériale, et que je les placerai sous ses yeux aussitôt que les circonstances le permettront.

Je crois pouvoir toutefois vous remercier d'avance des nobles sentiments que vous exprimez avec bonheur, et je ne fais que prévenir les ordres du Prince en répondant à ce témoignage de dévouement par une preuve de sympathie.

Recevez, madame, l'assurance de ma parfaite considération.

Signé : J. LE FÈVRE-DEUMIER.

ODE

A SA MAJESTÉ L'EMPEREUR

NAPOLÉON III.

Dans la création, Dieu de sa main suprême
Sait désigner les fronts faits pour le diadème.
Pour organe il choisit toute une nation,
Et souvent c'est celui qu'a brisé l'infortune
Que, sans distinction de caste, de fortune,
Le peuple acclame au jour de son élection.

Celui dont le printemps n'eut que des fleurs fanées,
Qui traîna dans l'exil ses plus belles années,
Est par l'ordre du Ciel à régner destiné.
Sans de honteux secours il monte sur le trône;
C'est à son pays seul qu'il doit une couronne;
Son sceptre par la France est librement donné.

Plus de tribuns ardents, de vaine théorie,
Un seul bras, s'il est fort, doit sauver la patrie.
D'un peuple trop longtemps à périr exposé
Les vœux sont exprimés d'une voix unanime.
L'Empire est fait : c'est lui qui comblera l'abîme
Qu'on avait sous nos pas imprudemment creusé.

Quand la tempête gronde, et que, loin du rivage,
Le navire à l'écueil est poussé par l'orage,
Sur le pont, si parmi les tremblants passagers,
Il en est un dont l'âme, exempte de faiblesse,
Garde le gouvernail de la nef en détresse,
Ses courageux efforts font cesser les dangers.

Il est un nom magique et puissant dont l'histoire
A la postérité transmettra la mémoire.
En lui seul se résume un glorieux passé.
Porté par un héros dont la main triomphante
Des révolutions ferma l'ère sanglante,
Il ne peut de nos cœurs jamais être effacé.

La haine et le malheur de cette grande race
Ont voulu, mais en vain, anéantir la trace.
L'aigle atteint, quand son vol l'emportait vers les cieux,
Va fièrement mourir sur un roc solitaire ;
Mais à ses rejetons, abandonnés dans l'aire,
Il sait qu'il a légué son œil audacieux.

Le Seigneur quelquefois permet que le génie
Du sein s'exhale à l'heure où finit l'agonie,
Et qu'au bord de la tombe, où tout doit s'engloutir,
L'être prédestiné, dont il fut le partage,
Puisse après lui laisser ce sublime héritage,
Qu'il meure triomphant ou succombe martyr.

Toi qui l'as recueilli par droit héréditaire,
N'as-tu pas eu ton lent et douloureux Calvaire?
Par l'épine ton front fut longtemps mutilé.
Opposant à l'injure un stoïque silence,
Rien n'a pu de ton âme arracher l'espérance
Qu'un jour par notre amour tu serais consolé.

Pour prix de ton épreuve et pour tant de souffrance,
Dieu te dit aujourd'hui de gouverner la France ;
Dans tes loyales mains il met son avenir.
Ton nom pour ton pays qui croit à ta parole
De l'ordre deviendra le radieux symbole,
Et de nos maux passés fuira le souvenir.

Cette, le 6 décembre 1852

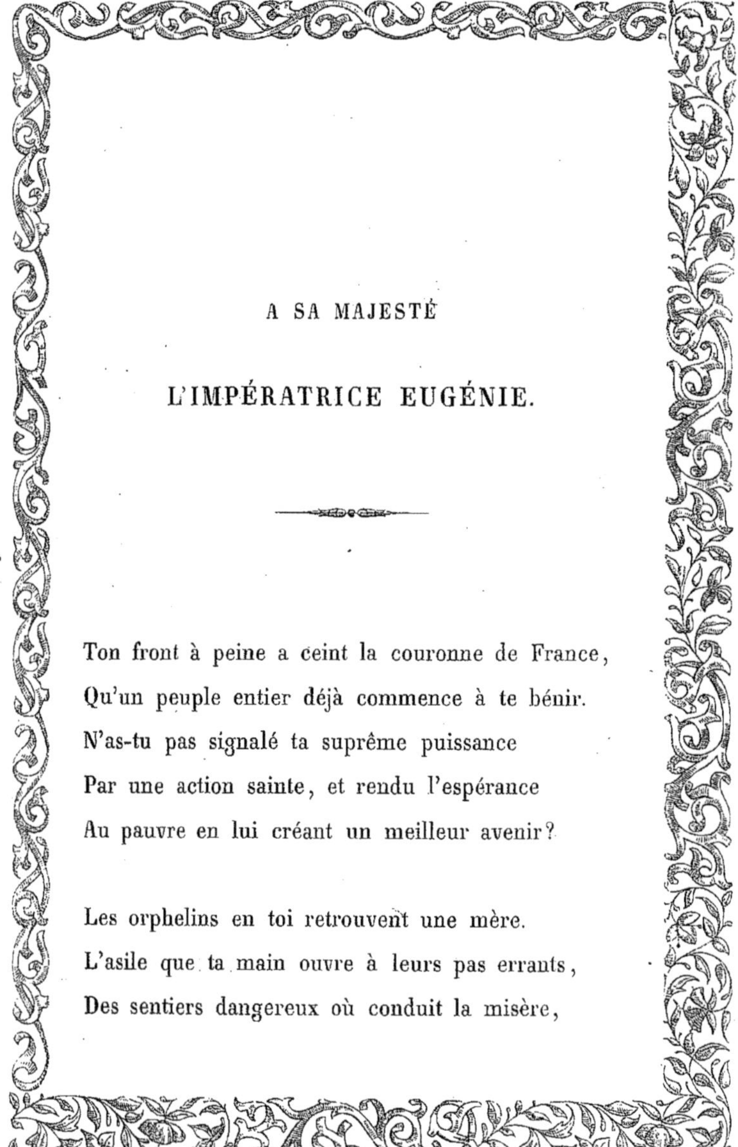

A SA MAJESTÉ

L'IMPÉRATRICE EUGÉNIE.

Ton front à peine a ceint la couronne de France,
Qu'un peuple entier déjà commence à te bénir.
N'as-tu pas signalé ta suprême puissance
Par une action sainte, et rendu l'espérance
Au pauvre en lui créant un meilleur avenir?

Les orphelins en toi retrouvent une mère.
L'asile que ta main ouvre à leurs pas errants,
Des sentiers dangereux où conduit la misère,

Grâce à ton noble cœur que la sagesse éclaire,
Détourne pour jamais ces malheureux enfants.

Quelle plus lumineuse et plus pure auréole
Pourrait par ses reflets illuminer ton front,
Mieux que l'amour de ceux que ta bonté console,
Dont la prière ardente au ciel pour toi s'envole,
Et qui pour le louer vont redire ton nom?

Sur chaque chose, hélas! l'oubli met un nuage.
Dans la nuit du passé tout va s'ensevelir;
Mais de la charité la radieuse image,
Phare consolateur, nous guide d'âge en âge.
De sa flamme en ton cœur l'éclat ne peut pâlir.

Les bienfaits répandus colorent l'existence
D'un jour céleste et doux que rien ne peut ternir.
Plus suave est la voix de la reconnaissance
Que l'odeur des parfums que l'encensoir balance.
L'âme en garde toujours l'enivrant souvenir.

Bientôt, en lettres d'or, ton nom, ma souveraine,

Sur le marbre gravé radieux brillera.

De ces vierges qu'au mal l'abandon seul entraîne

Ta main pieuse et bonne adoucira la peine,

Et Dieu par notre amour te récompensera.

Cette, le 20 février 1853.

DANS L'ÉGLISE DE RUEIL,

L'ANNIVERSAIRE DE LA MORT

DE

L'IMPÉRATRICE JOSÉPHINE.

Ce glas funèbre et lent dont mon oreille émue
Entend vibrer le son qui monte vers la nue
En moi réveille un triste et touchant souvenir.
A l'évoquer pourtant mon cœur trouve des charmes,
Et tandis que mes yeux sont voilés par des larmes,
Aux prières d'un fils les miennes vont s'unir.

L'hymne monte à ma lèvre, et ma voix de poëte
Pour prier sur les morts ne reste pas muette.
Sur le bord de la tombe elle aime à s'élever.
Compatissante et tendre, elle implore, elle espère;
Elle apaise celui qui souffre sur la terre,
Et calme les douleurs avant de s'envoler.

De l'ange revêtu d'une forme de femme,
Dont Dieu d'un pur rayon avait façonné l'âme,
L'église d'un hameau conserve le cercueil.
Je crois, en me penchant sur son froid mausolée,
Entendre les soupirs de l'ombre inconsolée
Dont la France en son cœur garde toujours le deuil.

Agenouillée au bord de sa dernière couche,
Je songe, en effleurant le marbre de ma bouche,
A ces douleurs qui font saigner le cœur des rois,
A ces moments d'angoisse et de tristesse amère,
Où sur son lit de mort vainement une mère
Appelle un fils banni, qui n'entend pas sa voix.

L'infortune s'abat sur les plus nobles têtes ;
Elle les fait plier sous le vent des tempêtes,
Les courbe sans effort avec son bras d'airain.
Elle fut impuissante à changer Joséphine,
Qui porta sans pâlir sa couronne d'épine,
Et subit son martyre avec un front serein.

Si ceux dont sa parole a calmé la souffrance,
Dont sa main bienfaisante était la providence,
Venaient mêler leurs vœux à nos tristes accents,
La nef retentirait de saintes harmonies,
Et nos voix vers le ciel pieusement unies
Ensemble monteraient comme un suave encens.

Rueil, 29 mai 1854.

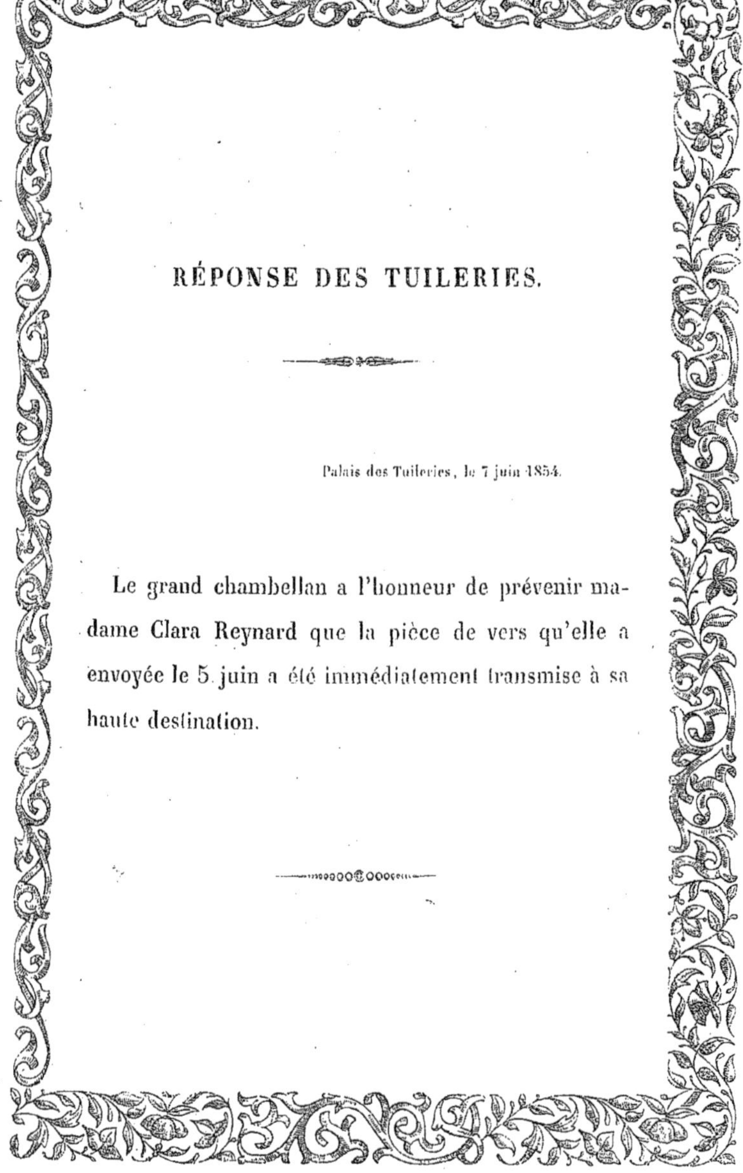

RÉPONSE DES TUILERIES.

Palais des Tuileries, le 7 juin 1854.

Le grand chambellan a l'honneur de prévenir madame Clara Reynard que la pièce de vers qu'elle a envoyée le 5 juin a été immédiatement transmise à sa haute destination.

SOUVENIR.

Vers les jours écoulés bien souvent la pensée
Remonte, et sous le voile où dort tout souvenir
Retrouve quelque image en secret caressée,
Que l'aile des saisons n'a jamais pu ternir.

Alors du temps qui fuit s'efface la durée.
Les songes, du réel usurpant tous les droits,
Dans un sommeil divin plongent l'âme enivrée,
Et d'un bonheur perdu lui parlent quelquefois.

Pour le cœur désolé qu'a brisé la souffrance,
Et qu'ici-bas Dieu seul peut calmer ou guérir,

Il reste, après avoir perdu toute espérance,
Du rayon fugitif qui dora l'existence
Un doux reflet que rien ne fait évanouir.

C'est ainsi qu'oubliant l'heure au vol si rapide,
Et de ses jours comptés le nombre limité,
Des sentiers parcourus on suit d'un œil humide
Dans la nuit du passé le méandre enchanté,
Comme on se penche au bord de l'eau bleue et limpide
D'un lac tranquille et pur qu'aucun souffle ne ride,
Pour voir des feux du ciel scintiller la clarté.

Le temps, en s'écoulant au fond de ma pensée,
Ne laissera jamais ton image effacée.
J'aime tes vieilles tours, orgueilleuse cité,
Les rides à ton front n'ôtent point sa beauté.
Les siècles en fuyant te laissent grande et fière.
Tu pourrais, reine encor, sur tes créneaux noircis,
Voir les plis ondoyants de ta sainte bannière
Se mirer dans les flots à tes pieds assoupis.

De ton éclat passé restes mélancoliques,
Tes murs aux pèlerins offrent des basiliques,
Où d'un jour abrité les rayons attiédis
D'une molle lueur baignent les saints parvis.
Dans ces lieux consacrés, doucement recueillie,
L'âme au pied de l'autel devant Dieu s'humilie.
Du flambeau de la foi l'éclat céleste et pur
Inonde de ses feux le sanctuaire obscur.
L'orgue seul de la nef trouble la paix profonde.
Au seuil vient expirer le bruit lointain du monde.
Dans leur cercueil couché sous quelque antique arceau
Des prélats endormis repose la poussière.
La mort interrompit leur suprême prière,
Et leur regard encor semble dire à la terre :
Que de l'éternité la tombe est le berceau.

Ces arcs dont tant d'hivers ont déchiré la pierre
Se cachent mutilés sous le manteau du lierre.
De tes hardis remparts le faîte détaché
Sur le sol par la mousse est à demi caché.

Tes cloîtres sont muets; leurs colonnes brisées
Sur les murs chancelants s'affaissent renversées.
Des portiques déserts l'herbe jonche le seuil!...
Plus belle cependant, sous tes voiles de deuil,
Qu'aux jours évanouis de ta gloire passée,
A ta tristesse encor se mêle un noble orgueil.
Ta splendeur par le temps ne peut être effacée.
Oui, je t'aime, et mon cœur, quand retentit ton nom,
Se rappelle le jour, que je bénis encore,
Où du laurier sacré de Pétrarque et de Laure
    Tu mis une feuille à mon front.

Avignon, juillet 1847.

PARIS.

ÉPITRE A MADAME B***.

Madame, il est donc vrai, vous êtes à Paris,
Sur mille objets charmants errent vos yeux surpris,
Vous pouvez à votre aise et suivant votre envie
Aller, de vos amis et des enfants suivie,
Des squares populeux user le macadam,
Ou cherchant du soleil le rayon moins ardent
Sous les arbres déjà privés de leur parure,

Au Luxembourg désert errer à l'aventure,
Songeant aux jours passés et foulant sous vos pas
Le sol fatal où Ney vint subir le trépas.
Des révolutions tel est l'effet étrange :
Le père assassiné meurt sans que nul le venge,
Et des fils aujourd'hui, sous un pouvoir nouveau,
Par compensation le sort redevient beau.

Rien de stable ici-bas ; tout change, tout s'efface.
Le siècle en s'enfuyant laisse vide la place
Où l'homme imprévoyant voulut à l'avenir
D'une époque léguer l'éternel souvenir.
Bientôt le Panthéon, pour le divin service,
Verra sur ses autels l'auguste sacrifice
S'accomplir, et l'encens parfumera ce lieu
D'où l'on osa pour l'homme un jour expulser Dieu ;
D'où le peuple, enivré de folles théories,
Pour Voltaire jeta le Christ aux gémonies,
Loin de là des chrétiens exila les tombeaux
Et dans les saints parvis inscrivit ses héros.

Si vous avez encore au fond de la mémoire
Gardé le souvenir d'une touchante histoire,
Et que le Val-de-Grâce apparaisse à vos yeux
Comme un séjour de deuil triste, silencieux;
Entrez, quand tintera l'heure de la prière,
Dans cette église sombre, à la nef solitaire :
Sous ce dôme expira la fille des Césars,
Dont l'altier Buckingham aima les doux regards,
Qu'un ministre jaloux poursuivit de sa haine,
Et qui vécut esclave en étant souveraine.
Les grands comme le pauvre ont aussi leurs douleurs,
Et la pourpre souvent voit couler bien des pleurs.

Au sein du vieux Paris cachez votre demeure,
Et n'oubliez jamais le matin, de bonne heure,
D'aller sous le jubé de Saint-Étienne-en-Mont
Près d'un tombeau sacré faire votre oraison,
D'y prier recueillie en songeant que la France
Aux bergères toujours a dû sa délivrance,
Et que notre patrie, avec juste raison,

Devrait d'une houlette orner son écusson;
Puis, posant sur le marbre une blanche couronne,
De Lutèce implorez la céleste patronne.

De tous les monuments qu'on admire à Paris
Les plus anciens pour moi toujours ont plus de prix.
J'aime les sombres tours où de la giroflée
La corolle odorante au lierre s'est mêlée,
La mousse s'attachant à de nobles débris,
Les ensevelissant sous son épais tapis,
Et les doux souvenirs qui vibrent dans nos âmes,
Et poétiquement nous racontent les drames
Dont ces murs ont été les témoins autrefois,
Et que du vent le soir semble parler la voix.

Au quartier Saint-Martin et non loin de la Grève,
Une hautaine tour en granit noir s'élève;
Ses créneaux qu'ont rongés l'orage et les hivers
Sont comme d'un manteau par le lichen couverts.
Du funeste hibou sous la voûte sonore

Le monotone appel seul retentit encore.
Pendant la Fronde on vit le fier coadjuteur
Y venir assisté par maints conspirateurs,
Dans de sanglantes mains jeter l'or de la France,
Pour assurer sa force et servir sa vengeance.

Sur la petite place où se dresse la tour,
Et dont l'œil peut sans peine embrasser le contour,
Vous trouverez encore à l'angle d'une rue,
Tremblante sous les ais dont elle est soutenue,
La maison où Flamel, cet habile écrivain,
S'occupa du grand œuvre et chercha, mais en vain,
Au fond de ses creusets, pendant son insomnie,
Le métal précieux de la Californie.

D'un penser chimérique on suit l'impulsion;
Chacun court emporté par quelque passion.
L'imagination, par ses rêves bercée,
Nous brise loin du but dans sa course insensée.
Priez pour ces enfants qu'un déplorable sort

Fit martyrs et jeta dans les bras de la mort.

Insouciants, le cœur plein d'un ardent délire,

D'une cause funeste et qu'on nous voit maudire

Ils s'armèrent un jour pour défendre les droits;

Mais dans le sang bientôt s'éteignirent leurs voix;

Au cloître Saint-Merry, sous de funèbres dalles,

Dorment ces pauvres corps mutilés par des balles.

Le bruit augmente, hélas! Déjà des boulevards

La brillante avenue attire vos regards.

Adieu, madame, adieu; ma muse, loin du monde,

Aime à s'ensevelir dans une paix profonde.

La sombre cathédrale où de l'orgue vibrant

La note douloureuse expire tristement;

Les fraîches oasis où dans un doux silence

Elle puisse à longs traits s'abreuver d'espérance,

Seules peuvent lui plaire, et de tous vos loisirs

Sa pâleur troublerait les incessants plaisirs.

Décembre 1852.

L'HEURE DU BAL.

L'heure a sonné, bientôt va commencer la fête.
Vierges, de vos cheveux lissez le noir bandeau,
Des plus brillantes fleurs couronnez votre tête ;
Le bal qui va s'ouvrir sera splendide et beau.

Hâtez-vous, le couchant déjà se décolore ;
La brume grise rampe aux flancs des verts coteaux ;
De la cloche du soir la voix lente et sonore
Confond ses tintements avec le bruit des eaux.

Au ciel l'éblouissante et poétique étoile
Se berce mollement dans le limpide azur.
Le crépuscule au loin jette son léger voile,
Et le parfum des bois s'exhale doux et pur.

Sous le dôme touffu de nos vertes allées,
De l'orchestre écoutez les sons mélodieux;
Ses accords ravissants des obscures vallées
Vont dans l'ombre éveiller l'écho silencieux.

Le mystère, chassé par le plaisir frivole,
Avec le rossignol au fond des bois s'envole.
Au loin tout resplendit sur le fleuve argenté,
Le bruit du vent se mêle aux notes des quadrilles,
Et de vos traits charmants, folâtres jeunes filles,
Étincelle aux flambeaux l'éclatante beauté.

La nuit prête à vos jeux sa splendeur infinie,
La nature sereine a de molles clartés,

Et les lambeaux épars d'une vague harmonie
Par la brise du soir au loin sont emportés.

Hâtez-vous de jouir ; des fleurs que Dieu vous donne
Bientôt s'effeuillera l'odorante couronne.
Bientôt, se détachant de leurs rameaux flétris,
Des vieux saules penchés sur ces grèves humides
Au loin seront roulés les feuillages jaunis,
    Entraînés par les flots rapides.

Avignon, 3 septembre 1847.

SOUVENIRS.

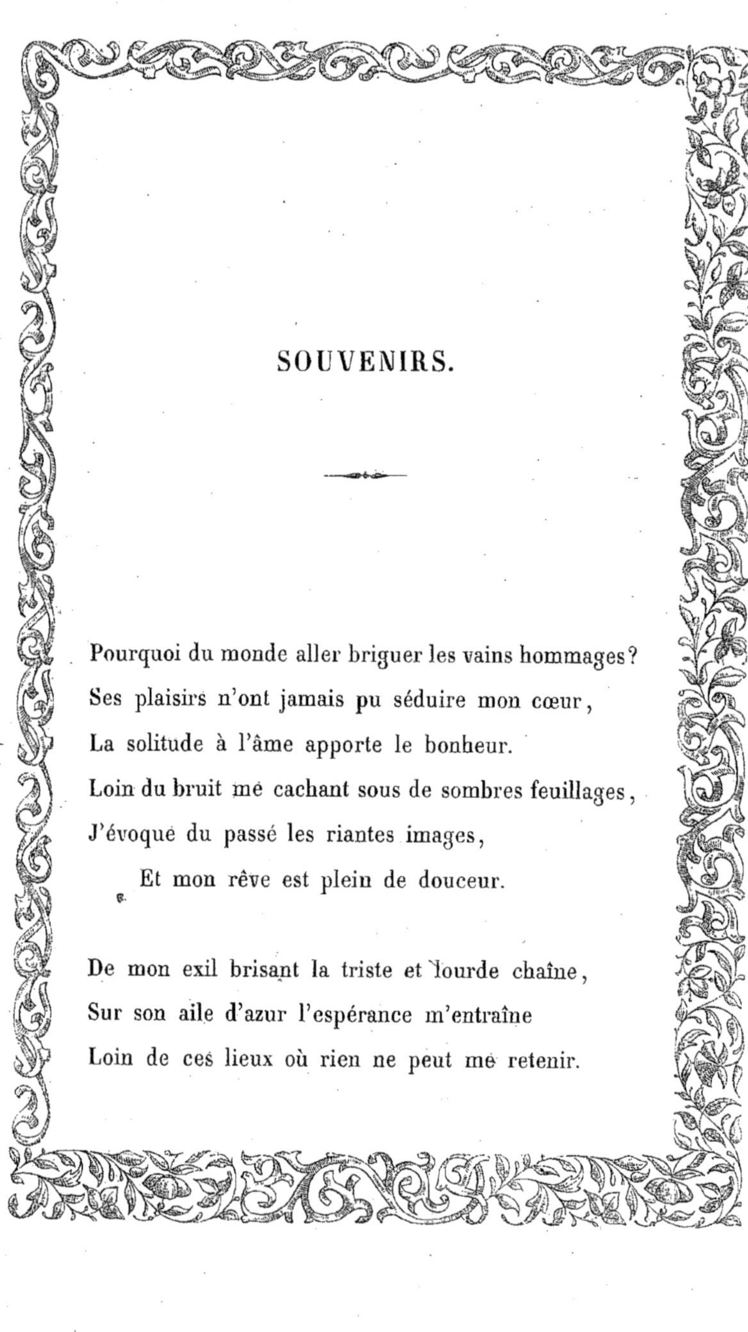

Pourquoi du monde aller briguer les vains hommages ?
Ses plaisirs n'ont jamais pu séduire mon cœur,
La solitude à l'âme apporte le bonheur.
Loin du bruit me cachant sous de sombres feuillages,
J'évoque du passé les riantes images,
 Et mon rêve est plein de douceur.

De mon exil brisant la triste et lourde chaîne,
Sur son aile d'azur l'espérance m'entraîne
Loin de ces lieux où rien ne peut me retenir.

Du présent disparaît l'angoisse et la tristesse,
Et sans voile à mes yeux brille le souvenir
De mon insouciante et naïve jeunesse.

A mes regards charmés d'un mirage enchanteur
Scintille à l'horizon le prisme séducteur.
Son éclat chatoyant inonde ma paupière.
Je crois voir sur la grève, où j'aimais à m'asseoir,
Du jour à son déclin la tremblante lumière
Se fondre mollement dans les brumes du soir.

La vague, en se roulant éblouissante et pure,
A mes pieds vient mourir avec un doux murmure.
Je suis d'un œil rêveur les contours gracieux
De ces légers festons que l'écume couronne.
A de riants pensers mon âme s'abandonne,
Et dans l'onde je vois encor l'azur des cieux.

L'illusion, puissante et riche souveraine,
Vers des bords inconnus à sa suite m'entraîne.

Des vallons enchantés sont soumis à sa loi.
Suivant de leurs sentiers les courbes gracieuses,
Je cueille à pleines mains les fleurs mystérieuses
    Qui s'épanouissent pour moi.

BOUVINES.

———

Philippe a convoqué le ban de ses guerriers.
Le châtelain revêt la cotte de Venise,
Ses éperons d'argent froissent ses étriers,
Et son panache ondule au souffle de la brise.
Pour vaincre le Germain, plein d'une noble ardeur,
Le Franc va déserter son antique tourelle;
    A la gloire où l'honneur l'appelle
    Il vole, le puissant seigneur!

Il quitte pour la guerre et sa châtellenie,
Et sa meute exercée à poursuivre le daim,
Et ces joyeux banquets où, de nectar emplie,
La coupe, en se vidant, passait de main en main.
De son gai ménestrel l'amoureuse sirvente
Ne fera de longtemps battre son noble cœur;
Aux doux propos demain succédera la plainte
    Du soldat mutilé qui meurt.

Des landes, des forêts, il franchit la limite.
Ses nombreux écuyers s'élancent à sa suite.
Il passe, et le simoun est moins impétueux.
L'acier de son armure au soleil étincelle,
    Et la blanche écume ruisselle
Sur le large poitrail de son coursier fougueux.

Bientôt, à l'horizon, de la royale armée
Il voit se déployer les nobles étendards.
Gonfanons, penonceaux flottent de toutes parts,
    Et dans la plaine parfumée

La tente de velours, de fleurs de lis semée,
  · Dort sous un triple rang de dards.
L'oriflamme, du Franc banderole éclatante,
Déroule ses longs plis dans un ciel calme et pur.
Sur l'étendard royal, bannière étincelante,
    Les lis brillent en champ d'azur.

Barons, serfs, écuyers remplissent la vallée.
La buccine résonne; à ce bruit éclatant,
Sous les pas des chevaux la terre est ébranlée;
Le fer contre le fer se heurte en frémissant.
Francs, Saxons et Germains s'atteignent; leur furie
A de sanglants débris semé les verts gazons.
    Sous les saules de la prairie
Demain seront couchés ces vaillants escadrons.
La hache en s'abattant sur l'armure résonne :
Casques et gantelets gisent dans les halliers,
    Et la main du trépas moissonne
Le page aux blonds cheveux, les hardis chevaliers.

7

Tous meurent en héros; mais en quittant la vie
Ils voient tomber d'Othon le dragon menaçant.
Le gonfanon royal s'agite triomphant,
Et Philippe à ses lois voit la Flandre asservie.

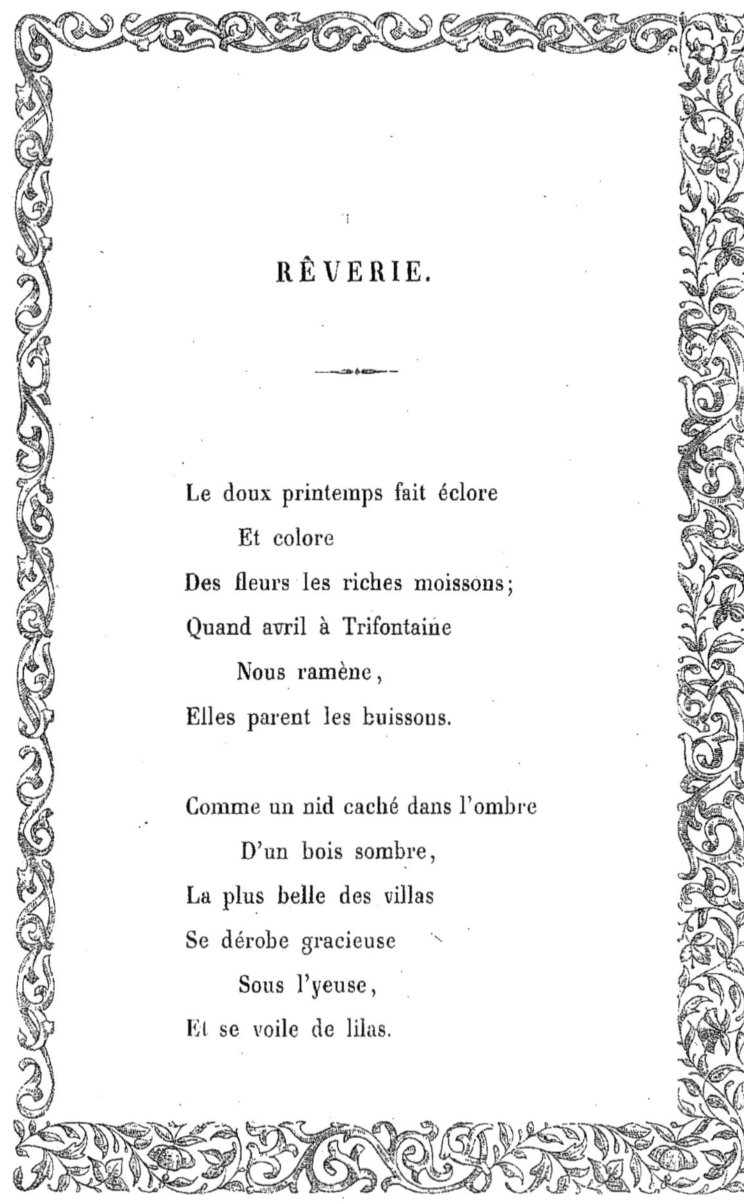

RÊVERIE.

Le doux printemps fait éclore
        Et colore
Des fleurs les riches moissons;
Quand avril à Trifontaine
        Nous ramène,
Elles parent les buissons.

Comme un nid caché dans l'ombre
        D'un bois sombre,
La plus belle des villas
Se dérobe gracieuse
        Sous l'yeuse,
Et se voile de lilas.

Sur sa façade, où se penche
    La fleur blanche
Du suave et pur jasmin,
Des touffes de giroflées
    Déroulées
S'inclinent sur le chemin.

Dans leurs corolles ambrées
    Et lustrées
L'abeille aime à se poser ;
Elle bourdonne et voltige
    Sur la tige,
Qu'elle cherche et va baiser.

L'aubépine, dont l'haleine
    Dans la plaine
Verse ses parfums divins,
Voit ses grappes, dont la brise
    Est éprise,
D'ombre couvrir les ravins.

Du bocage solitaire
    Le mystère
Semble avoir fait son séjour.
Tout resplendit, tout scintille ;
    La charmille
Invite à parler d'amour.

Le saule de l'onde pure
    Qui murmure
Effleure le clair miroir,
Et pour rêver, sous la branche
    Qui se penche
Le poëte aime à s'asseoir.

Là, de sa muse fidèle
    Qui l'appelle
Il entend la douce voix.
Pour s'inspirer il s'enivre,
    Seul et libre,
Des âcres senteurs des bois.

SUR LA GRÈVE.

Vers le parc de Trifontaine
        Tout l'entraîne ;
Il voudrait dans ce beau lieu
Se construire un ermitage
        De feuillage
Pour aller adorer Dieu.

Là, dans une paix profonde,
        Loin du monde,
A jamais s'ensevelir,
Et passer dans la prière
        Sur la terre
Sa vie à se recueillir.

La prière du poëte
        Semble faite
Pour désarmer l'Éternel.
Elle apaise, elle console,
        Puis s'envole
Radieuse vers le ciel.

Grâce à sa sainte influence,
L'espérance
Bien souvent tarit nos pleurs.
C'est un bienfaisant dictame.
Qui de l'âme
Endort toutes les douleurs.

LE LÉVITE.

Que l'ombre des autels abrite ta jeunesse !
Bénissant le lien qui t'enchaîne au saint lieu,
Passe étranger au monde, et ne songe sans cesse
Qu'à soulager celui que le malheur oppresse
En lui montrant le ciel et lui parlant de Dieu.

De toutes les douleurs pieux dépositaire,
Sans honte devant toi nos pleurs peuvent couler.
N'es-tu pas le soutien et l'appui tutélaire
Des cœurs déshérités qui souffrent sur la terre
Et que ta douce voix peut seule consoler?

Ta parole sacrée a le pouvoir suprême
De réveiller en nous de célestes désirs.
Tu dis que le Seigneur éprouve ceux qu'il aime,
Et que parfois, au sein d'une tristesse extrême,
On peut encor goûter d'ineffables plaisirs.

A l'heure où s'accomplit l'auguste sacrifice,
Quand des cieux entr'ouverts le Rédempteur descend,
Demande à Dieu, caché dans le fond du calice
Si de ses maux toujours doit durer le supplice,
De ramener vers lui l'âme qui les ressent.

Tes vœux, chastes et purs comme le chant d'un ange,
Se mêleront au chœur immense, universel,
Et redits par la voix d'un radieux archange,
Tes suaves accords, de phalange en phalange,
Monteront jusqu'au trône où s'assied l'Éternel.

A MONSIEUR DE LAMARTINE.

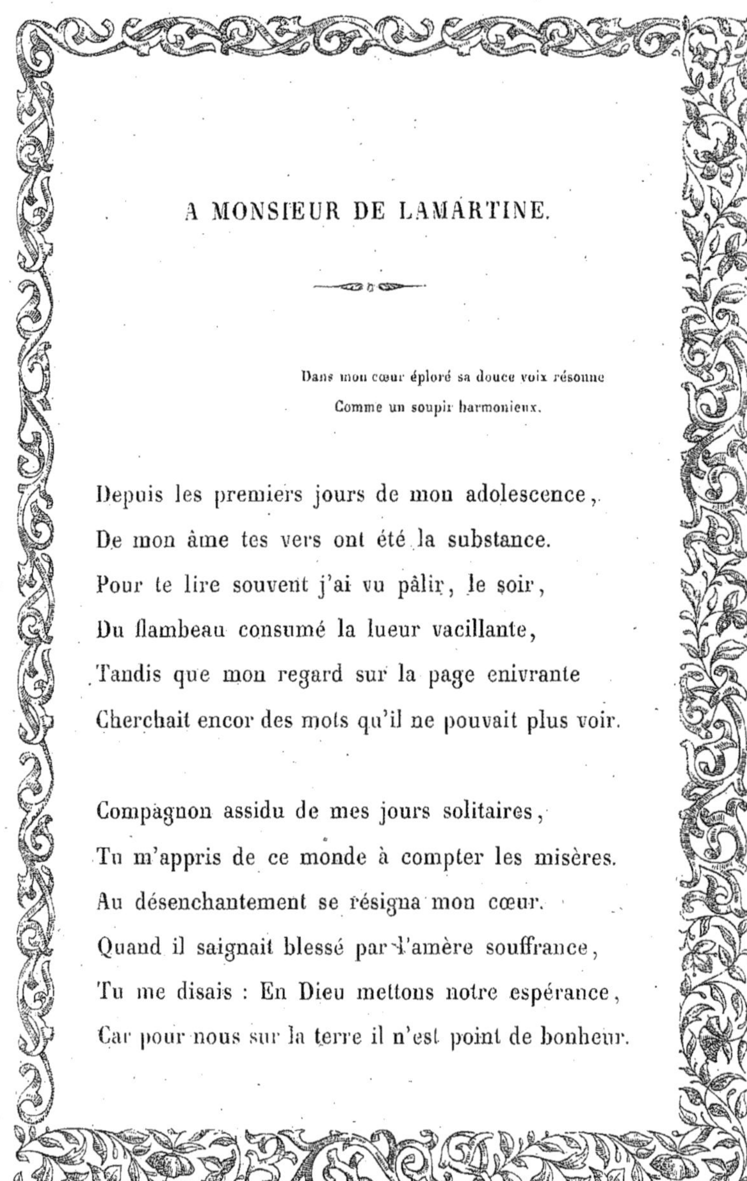

Depuis les premiers jours de mon adolescence,
De mon âme tes vers ont été la substance.
Pour te lire souvent j'ai vu pâlir, le soir,
Du flambeau consumé la lueur vacillante,
Tandis que mon regard sur la page enivrante
Cherchait encor des mots qu'il ne pouvait plus voir.

Compagnon assidu de mes jours solitaires,
Tu m'appris de ce monde à compter les misères.
Au désenchantement se résigna mon cœur.
Quand il saignait blessé par l'amère souffrance,
Tu me disais : En Dieu mettons notre espérance,
Car pour nous sur la terre il n'est point de bonheur.

Tes chants tristes et doux sont ma plus chère étude ;
Ton pouvoir dans mon sein endort l'inquiétude
Et ramène le calme en mon esprit troublé.
Quand tes hymnes au ciel enlèvent ma pensée,
De mes douleurs la trace est soudain effacée ;
Mon cœur par ta parole est toujours consolé.

A mes yeux du passé déroulant les images,
Ta voix des nations me redit les usages.
De la Grèce avec toi j'ai vu le Parthénon,
De la molle Italie exploré les rivages,
Et sur un tertre vert perdu dans les feuillages
Lu de Graziella le poétique nom.

Aux riants souvenirs laissés par la jeunesse
Succède quelquefois un poids qui nous oppresse.
Où sont tous ces objets qu'embellit notre amour ?
Le chagrin a creusé ces gracieux visages
Où, semblables aux fleurs qu'emportent les orages,
Flétris, ils sont tombés avant la fin du jour.

Des empires détruits s'efface aussi la trace.

Des marbres mutilés seuls nous montrent la place

Où de hardis frontons s'élevaient autrefois.

Mais si de notre culte à la vive croyance

Rien ne vient dans ces lieux révéler l'existence,

Ces vestiges pour nous sont sans charme et sans voix.

Te suivant pas à pas dans ton pèlerinage,

J'ai de Jérusalem fait le pieux voyage.

Ma douleur à la tienne aurait voulu s'unir

Dans cette grotte sombre où, pleurant sur toi-même,

Ton âme pressentit, hélas! l'adieu suprême

D'un bel ange envolé pour ne plus revenir.

Au pied des oliviers où, dans son agonie,

A son Père pour nous Jésus offrit sa vie,

J'ai vu tes pleurs rouler sur le sol consacré.

Plus loin, sur les degrés d'une austère colline,

Des jardins de David retrouvant la ruine,

J'ai du poëte roi redit le chant sacré.

Ce qui me plaît en toi c'est la tristesse sainte
Dont tes vers ont gardé l'ineffaçable empreinte.
Ton cœur en holocauste à Dieu semble s'offrir.
Souffrant, mais résigné, tu ne vois sur la terre
Qu'une joie incomplète, une gloire éphémère,
Qu'un jour d'adversité peut faire évanouir.

Au découragement si parfois je me livre,
Mon œil s'éclaire à l'heure où je reprends ton livre.
Vers un céleste but tu guides tous mes pas.
De tes enseignements je nourris ma pensée,
Et trouve dans la sphère où le sort m'a placée
Un repos que le monde aux siens ne donne pas.

15 février 1853.

RÉPONSE DE M. DE LAMARTINE.

Saint-Point, 8 juillet 1853.

MADAME,

J'ai lu vos beaux vers avec la partialité d'un poëte qui trouve un écho si vivant et si aimant à sa voix dans une âme plus jeune et plus sonore que la sienne.

Les années et les soucis m'interdisent de chanter moi-même avec un cœur triste et une voix brisée, mais aucune vaine gloire personnelle, dans le temps où j'en rêvais peut-être pour mes vers, ne m'a autant nourri le cœur que ces souvenirs d'inconnus venant de si loin me rappeler à moi-même.

Jouissez, Madame, du moment de bonheur que je vous dois, et croyez que votre nom restera gravé dans ma reconnaissance.

A. DE LAMARTINE.

LE SOIR.

Je vous quittais, amis, le cœur plein de tristesse.
Du char qui m'emportait maudissant la vitesse,
Ma bouche murmurait encor de longs adieux.
Mon œil distrait suivait dans son vol gracieux
La brume qui des monts s'épand sur les vallées,
Cachant sous les replis de son voile ondoyant
De quelque vieux manoir les tours démantelées,
Ruine que couronne un lierre verdoyant.

Sous le baiser du vent l'odorante bruyère
Frissonnait mollement ; du fond du val obscur,

Comme un soupir vers Dieu, montait suave et pur
Le dernier vibrement de la cloche légère.
Tout sommeillait : l'oiseau, caché dans le buisson,
Se taisait ; du sentier la fleur demi-fermée
Inclinait vers le sol sa corolle embaumée,
Et Vénus scintillait au bord de l'horizon.

Son rayon, doux regard, fugitive lumière,
Inondait de ses feux la rive solitaire,
Paillette que la nuit attache à son manteau,
Elle ondulait brillante au sommet du coteau.
Mon œil suivit longtemps l'éblouissante étoile
Qui glissait dans l'azur comme une blanche voile.

RAPHAËL.

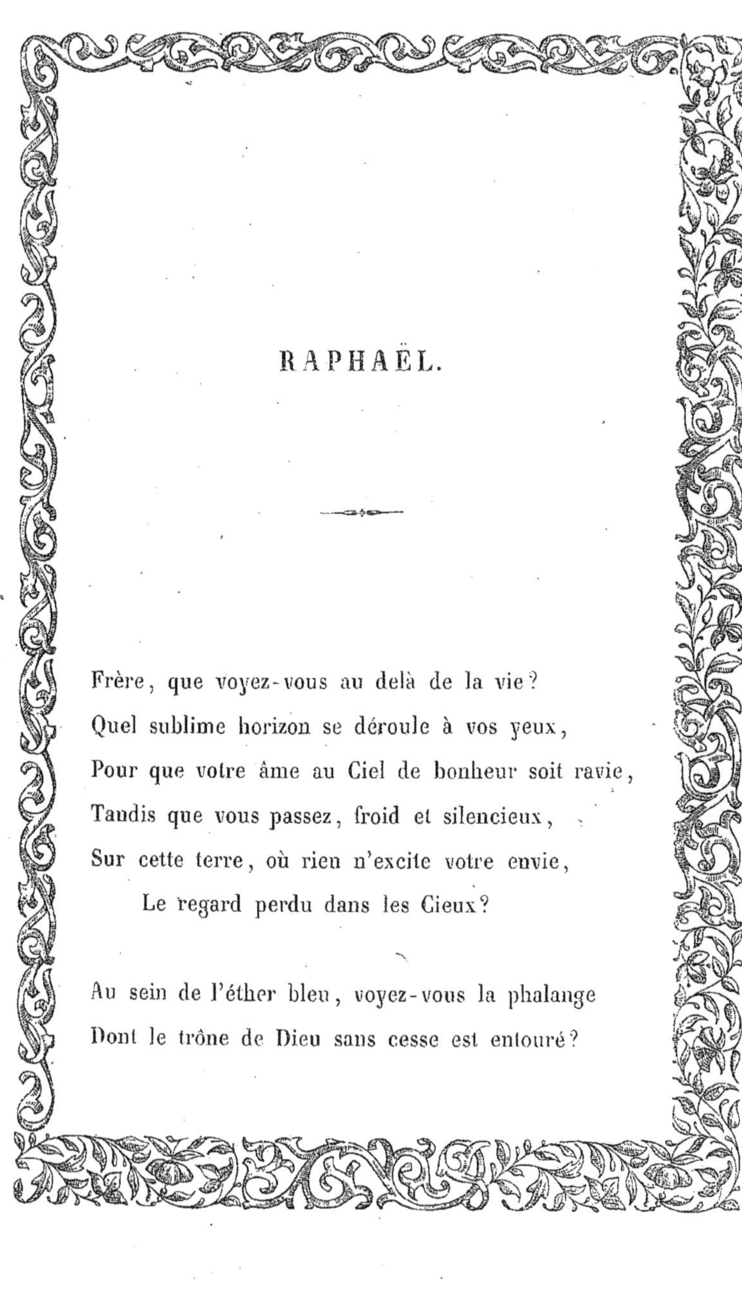

Frère, que voyez-vous au delà de la vie?
Quel sublime horizon se déroule à vos yeux,
Pour que votre âme au Ciel de bonheur soit ravie,
Tandis que vous passez, froid et silencieux,
Sur cette terre, où rien n'excite votre envie,
    Le regard perdu dans les Cieux?

Au sein de l'éther bleu, voyez-vous la phalange
Dont le trône de Dieu sans cesse est entouré?

Parmi les séraphins qui chantent sa louange,
D'ici-bas pouvez-vous reconnaître l'archange
     Dont vous portez le nom sacré ?

L'archange, dont le front est ceint d'une auréole,
Qui sur sa harpe d'or célèbre l'Éternel,
Dont l'aile chastement voile la blanche épaule,
     Et qui s'appelle Raphaël ?

LE LOUP-GAROU.

BALLADE.

Gentille Lucette,
Quand viendra le soir,
Ne va pas seulette
Près du rocher noir,
Car on dit, ma chère,
Que les loups-garous
Prennent la bruyère
Pour leurs rendez-vous.

SUR LA GRÈVE.

Quand la nuit est sombre,
On entend souvent
Sangloter dans l'ombre
Un être souffrant.
On dirait une âme
Qui, loin de son Dieu,
Du sein de la flamme,
Jette son adieu.

La voix qui murmure
Ses plaintifs accents,
Dans la nuit obscure
Pleure ses tourments.
Quand gronde l'orage,
On l'entend gémir,
L'écho du rivage
Redit son soupir.

Fuis, ô ma Lucette,
L'être au blanc manteau

Qui suit la fillette
Sous le vert ormeau.
De sa voix perfide
Crains l'accent si pur,
Crains son œil humide
Bleu comme l'azur.

La bergère Lise
Par lui fut un soir
Tout à coup surprise
Près du vieux manoir.
On dit que la belle
Depuis ce moment
A l'esprit rebelle
Pense constamment.

Lucette imprudente
Jamais n'écouta
L'histoire effrayante
Qu'on lui raconta.

Loin de la coudrette,
Quand fuyait le jour,
Elle allait seulette
Pour rêver d'amour.

Un soir que la lune,
Des Cieux pur flambeau,
Inondait la dune
De son feu si beau,
Elle était assise
Sous le peuplier
Qu'une faible brise
Ne pouvait plier.

Tout dans la campagne
Bientôt sommeilla,
Quand dans la montagne
L'écho s'éveilla.
Soudain vers la plaine
Sur son coursier

Parut dans l'arène
Noble cavalier.

Il mit pied à terre
Sur l'épais gazon,
Devant la bergère
S'inclina, dit-on,
Lui disant : « Ma belle,
De bien loin je viens
Pour l'amour de celle
Qui vaut tous les biens.

Douce jouvencelle
Dont j'aime l'œil noir,
D'un amant fidèle
Viens combler l'espoir.
Bientôt, châtelaine
De mon beau castel,
Tu seras la reine
Dans maint carrousel. »

Tremblante de crainte,
Sur son front si blanc
Elle sent l'empreinte
D'un baiser brûlant.
D'une main puissante,
Le fier chevalier
La met, haletante,
Sur son destrier.

Plaignez de Lucette
Le triste destin.
Jamais la pauvrette
Au val ne revint.
Son âme plaintive
Gémit chaque nuit
Là-bas sur la rive,
Quand sonne minuit !

IMPRESSION.

L'autre soir je te vis près de l'âtre baissée,
Ton regard, qu'attristait une morne pensée,
S'élevait vers celui que tu voyais souffrir,
Et que tes soins pieux eussent voulu guérir.

Sur ton front, qu'encadrait ta riche chevelure,
La flamme du foyer jetait son vif reflet,
Et sur ta blonde tête avec grâce ondulait
La gaze et le velours dont tu fais ta coiffure.

Ta joue, où le carmin remplaçait la pâleur,
Avait le tendre éclat de cette blanche fleur

Que nuance une teinte rose,
Et qu'on place au midi, quand sous les Cieux voilés
Se dressent de nos bois les arbres dépouillés,
Derrière les vitraux d'une serre bien close.

De notre mer profonde aux flots capricieux
Je croyais par moments voir luire dans tes yeux
Comme en un pur miroir les couleurs irisées.
Un sympathique nœud semblait m'unir à toi.
Mon être frémissait quand, t'inclinant vers moi,
Je sentais tes deux mains sur mes genoux posées.

Je ne savais comment je devais te nommer,
Toi qui passes rêveuse, et ne parais aimer
     Que le silence et la prière.
Mais de ton chaste front l'ineffable beauté
M'a révélé ton nom; l'ardente Charité
Cache son aile et prend tes traits, quand sur la terre
Elle vient des mortels soulager la misère.

LA DERNIÈRE HEURE

DU CONDAMNÉ.

Déjà sonne pour moi le tocsin funéraire.
Bientôt sur l'échafaud je subirai mon sort.
Misérable et captif, sans appui sur la terre,
    Je tremble en songeant à la mort.

Brisé par la douleur, je n'ai plus d'espérance.
Cette fille du Ciel au regard calme et pur
N'a pas voulu souiller sa robe d'innocence
    Au contact de mon souffle impur.

Séparé du chrétien, mon ombre désolée
Sur ma tombe, le soir, viendra souvent gémir,
Sans jamais retrouver sur la pierre isolée
        Un triste et pieux souvenir.

Je n'entendrai jamais la naïve prière,
Qu'aux lèvres d'un enfant dicte une mère en pleurs.
Sur le tertre maudit, seuls, la ronce et le lierre
        Verront s'ouvrir leurs pâles fleurs.

Qu'ai-je dit? au moment de finir ma carrière,
De mon obscur cachot qui vient franchir le seuil?
C'est l'apôtre pieux, c'est l'ami, c'est le frère
        Qui console au bord du cercueil.

La Charité le suit; son pur regard rayonne
Comme un astre inconnu qui brille dans les cieux.
Dans mon cœur éploré sa douce voix résonne
        Comme un soupir harmonieux.

Messager du Seigneur, devant toi je m'incline.
Ton consolant aspect chasse au loin le remords.
Je crois, en écoutant ta parole divine,
  Du ciel entendre les accords.

Pour calmer les tourments de ma lente agonie,
Pour adoucir l'horreur de mon dernier moment,
Ministre des autels, sur ma bouche pâlie,
  Pose les pieds d'un Dieu mourant.

A mes regards voilés montre l'image sainte.
Assis à mes côtés, parle-moi du Sauveur.
Je veux sous mes derniers baisers cacher l'empreinte
  Du fer qui déchira son cœur.

Partons, j'entends au loin rouler dans le silence
Le char fatal qui doit me conduire au tombeau.
La cloche dans les airs lentement se balance,
  Elle m'appelle à l'échafaud.

L'ALBUM.

Je garderai toujours comme un doux souvenir
Cet album, qu'en des jours heureux tu vins m'offrir.
Donné par toi que j'aime, il verra mes pensées
Sur son vélin brillant bien souvent retracées.
Sanctuaire ignoré d'un monde indifférent,
Il sera de mon cœur l'unique confident.
Des moments orageux de ma triste existence
A lui seul sans effort je dirai la souffrance,
Et ces chants, de mon âme écho mystérieux,
Nul ne les connaîtra que sa feuille et mes yeux.

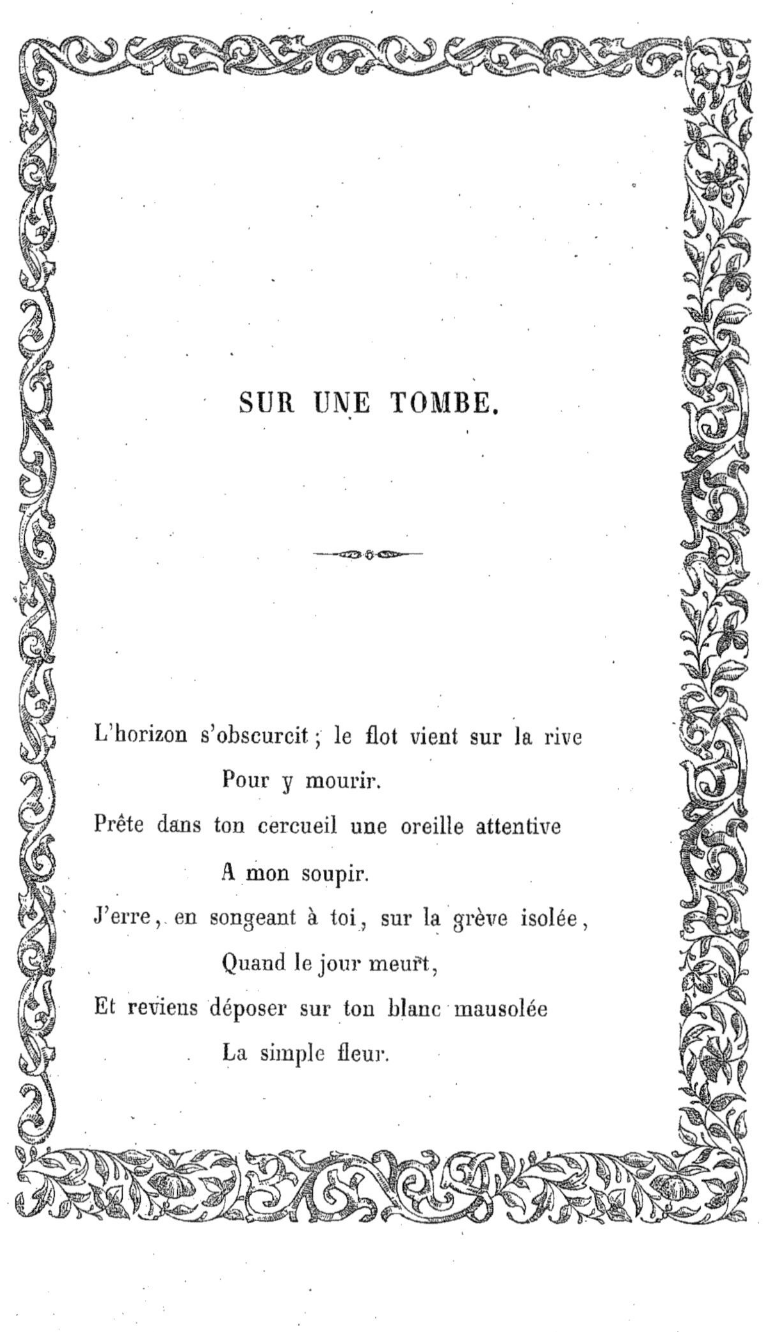

SUR UNE TOMBE.

L'horizon s'obscurcit ; le flot vient sur la rive
    Pour y mourir.
Prête dans ton cercueil une oreille attentive
    A mon soupir.
J'erre, en songeant à toi, sur la grève isolée,
    Quand le jour meurt,
Et reviens déposer sur ton blanc mausolée
    La simple fleur.

Sur le tertre souvent pensive et recueillie,
    Je songe à toi.
De l'Angelus du soir la plaintive harmonie
    Vient jusqu'à moi.
Ces ravissants accords dans mon âme attendrie
    Jettent l'espoir.
Abandonne un instant la céleste patrie
    Pour me revoir.

Du pieux chérubin l'aile rapide et blanche
    Va te porter.
Sur cet épais gazon où ma tête se penche
    Pour te pleurer,
Je vois tes cheveux noirs, ton front pur qui s'abaisse,
    Près de la croix ;
Ton regard est empreint d'une sainte tristesse,
    J'entends ta voix.

Vain espoir !... C'est le bruit de la feuille qui vole
    Loin de ces lieux ;

Le nuage azuré qui vers le ciel s'envole
    Silencieux.
C'est la voix de l'écho redisant la prière
    Que j'offre à Dieu ;
L'astre aux rayons tremblants inondant cette pierre
    D'un pâle feu.

Je te quitte : demain, quand la voûte sereine
    S'étoilera,
Quand sous un crêpe noir la montagne lointaine
    Se cachera,
En pleurant, je viendrai, te portant mon offrande
    Et mes regrets,
Mêler les simples nœuds d'une blanche guirlande
    A tes cyprès.

IMPRESSIONS

APRÈS UNE EXPLICATION DE L'ÉVANGILE.

L'excès de la douleur affaiblissait mon âme,
Mon regard, où semblait s'éteindre toute flamme,
N'osait plus s'élever pour implorer les Cieux.
Indifférente et froide aux vains bruits de la terre,
Dédaignant de mêler ma plainte solitaire,
Je passais, sans amis pour essuyer mes yeux.

L'infortune en sa fleur avait brisé ma vie.
Par sa fatale main ma jeunesse asservie
N'eut point de jours sereins, s'écoula sans repos.
J'étais comme l'esquif battu par les orages,
Que la houle soulève et pousse loin des plages,
Parmi les noirs brisants qui déchirent les flots.

Mais sur mon existence aride, désolée,
Et d'un sombre nuage, hélas ! toujours voilée,
Un rayon plus brillant qu'un clair mirage a lui.
Grâce à son pur éclat, à sa douce influence,
Dans ma pensée en deuil, je sens que l'espérance,
Comme l'arbre au printemps, refleurit aujourd'hui.

Par quel enchantement a cessé mon délire ?
Quel pouvoir sur ma lèvre a fait naître un sourire,
Et rendu le repos à mes esprits troublés ?
Est-ce le poétique aspect de la nature,
Où la main du Seigneur, sans compte, sans mesure,
Prodigue les trésors dont il nous a comblés ?

Ou bien ce chant que l'orgue accompagne à l'église,
Triste et suave accord dont mon âme est éprise,
Et qu'en pleurant j'écoute ou redis à genoux,
Écho des saints concerts, ineffable prière,
Hymne sacré, vers Dieu s'élevant de la terre,
Et que les séraphins lui présentent pour nous?

De la création les œuvres magnifiques,
Ni l'hymne s'élançant du fond des basiliques,
N'ont ranimé mon cœur par la douleur flétri.
Mais il est une voix qui charme mon oreille.
A ses accents plus vive en moi la foi s'éveille,
Par elle de mes pleurs le flot sera tari.

Persuasive et tendre, elle émeut, elle enchaîne;
Au bien sans nul effort son éloquence entraîne.
En elle on reconnaît l'interprète des cieux.
Des prestiges du monde et de ses fausses joies
Nous apprenant à fuir les dangereuses voies,
Elle guide nos pas vers un but glorieux.

12

Elle explique du Dieu qui soutient et console
Les préceptes divins, la sainte parabole ;
Jamais de l'Éternel n'arme le bras jaloux.
De ses enseignements la douceur infinie,
Où la grâce au savoir ne cesse d'être unie,
Le souvenir ne peut s'évanouir en nous.

ENVOI.

Voix pieuse, à jamais dans mon âme enivrée
Comme un son vibrera ta parole inspirée.
D'espoir en t'écoutant mon être a tressailli.
Source pure à mes yeux par la foule cachée,
Dans ton onde, qu'en vain j'avais longtemps cherchée,
De mes douleurs enfin j'ai pu boire l'oubli.

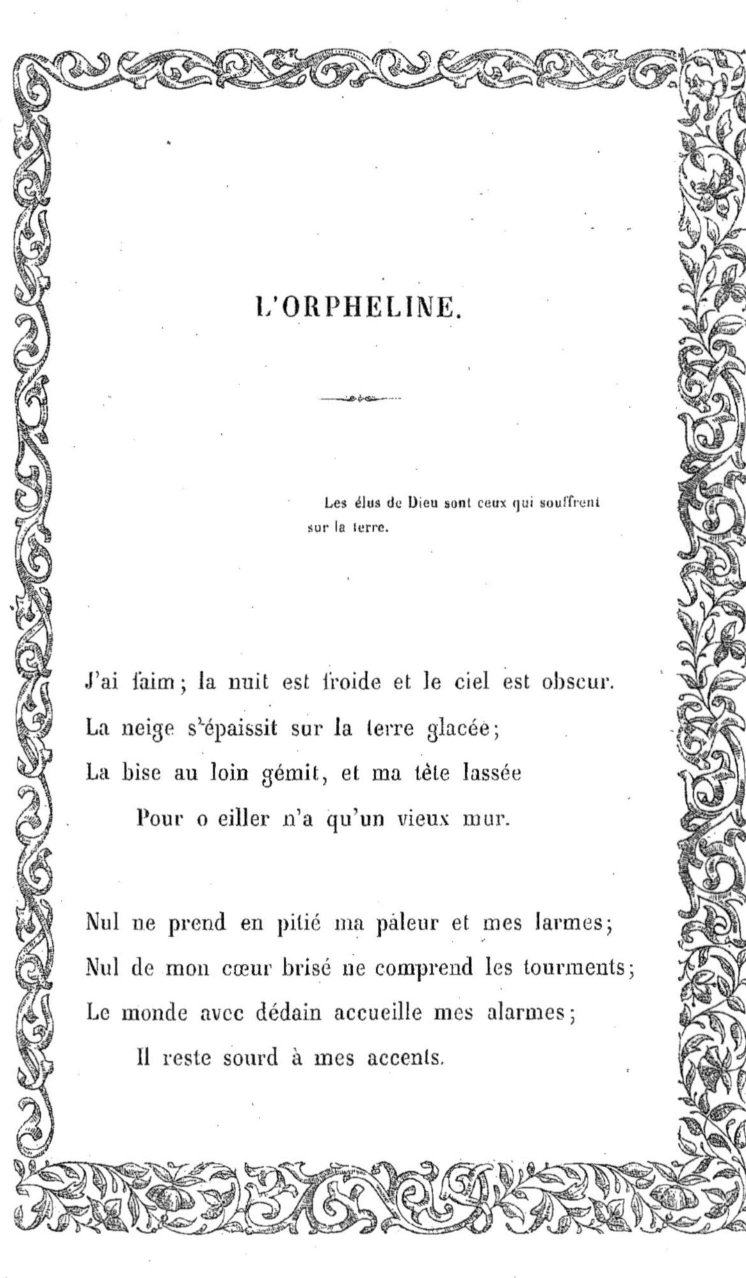

L'ORPHELINE.

J'ai faim ; la nuit est froide et le ciel est obscur.

La neige s'épaissit sur la terre glacée ;

La bise au loin gémit, et ma tête lassée

Pour o eiller n'a qu'un vieux mur.

Nul ne prend en pitié ma pâleur et mes larmes ;

Nul de mon cœur brisé ne comprend les tourments ;

Le monde avec dédain accueille mes alarmes ;

Il reste sourd à mes accents.

Mon printemps n'eut jamais une brillante aurore.
Le ciel pour mon regard n'a pas un coin d'azur,
Et pourtant chaque jour vers le Dieu que j'implore
  Mon œil se lève chaste et pur.

Femmes, quand vient le soir, à la foule mêlée,
J'admire le rubis qui scintille à vos fronts;
Vous courez vers le bal; moi, fleur étiolée,
  Je frissonne sous mes haillons.

Pendant l'hiver, pour vous tout est bonheur et joie.
Vos tapis des jardins ont les vives couleurs.
Pour vous, joyaux brillants, hermine, velours, soie;
  Pour moi, la tristesse et les pleurs.

Quand l'air devient plus doux, la terre ranimée
Fait dans vos parcs germer ses plus riches présents.
La fleur met sous vos pas sa corolle embaumée,
  Et vous présente son encens.

Heureux, quand l'indigent languit dans la détresse,
Si votre main pieuse adoucit son destin,
De son âme, vos dons, bannissant la tristesse,
    Ranimeront son œil éteint.

Ils passent ; et ma voix, dans la foule perdue,
S'élève vainement pour leur dire : J'ai faim.
Nul n'entend mes accents, et je reste éperdue,
    Ma mère !... sans avoir du pain.

Chaque jour je reviens baiser la froide pierre
Sous laquelle avec toi je voudrais m'endormir.
Si le Seigneur voulait exaucer ma prière,
    Bientôt il me ferait mourir.

Dieu, touché de ces maux, dans les saintes phalanges
Choisit un chérubin au front candide et blanc.
Cesse un instant, dit-il, de chanter mes louanges
    Pour consoler ce pauvre enfant.

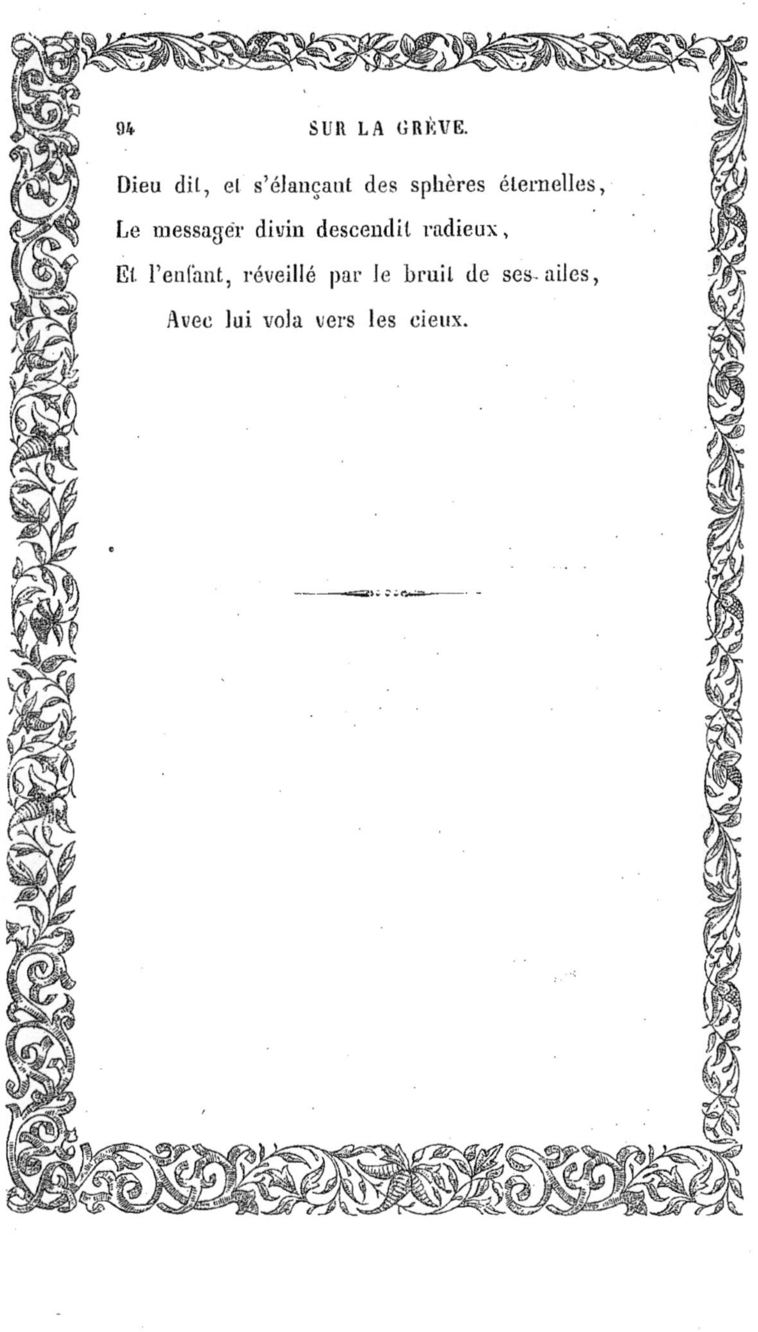

Dieu dit, et s'élançant des sphères éternelles,
Le messager divin descendit radieux,
Et l'enfant, réveillé par le bruit de ses ailes,
    Avec lui vola vers les cieux.

VOEU.

<◉▷

Au sein des fleurs que mai colore et fait si belles,
Que de ses pleurs ambrés l'aube vient arroser,
Si j'étais papillon, je plongerais mes ailes,
Puis, tout chargé d'encens et plus odorant qu'elles,
Sur votre blanche main j'irais me reposer.

Si j'étais le rayon dont le feu vous éclaire,
Fuyant ce qui pourrait à vos yeux me voiler,
De mes plus vifs reflets sur votre vie entière

Je ferais resplendir l'éclatante lumière,
Et ne voudrais jamais cesser d'étinceler.

Si j'étais une fleur, de ma suave haleine
Je parfumerais l'air qui doit passer sur vous.
A cette heure où du jour la lueur incertaine
Se confond avec l'ombre et s'étend sur la plaine;
A l'heure où pour prier vous êtes à genoux;

A l'heure où, comme un chant, votre douce parole
Vers l'éther lumineux monte pieusement,
Où votre âme, que Dieu seul apaise et console,
Radieuse s'élance, et vers le ciel s'envole,
Dans l'extatique ardeur d'un saint enivrement;

Sur votre front si pur, que la grâce illumine,
Si j'étais ange un jour, je voudrais voir briller
Des esprits bienheureux l'auréole divine,
Couronne qu'aux élus l'amour de Dieu destine,
Et que rien d'ici-bas ne peut jamais souiller.

Mon amitié n'est point un bien digne d'envie.

Je n'ai qu'elle à donner et n'ose vous l'offrir.

Pour moi, toute douleur est d'une autre suivie.

Mon contact désenchante, et votre belle vie

Est trop calme pour l'assombrir.

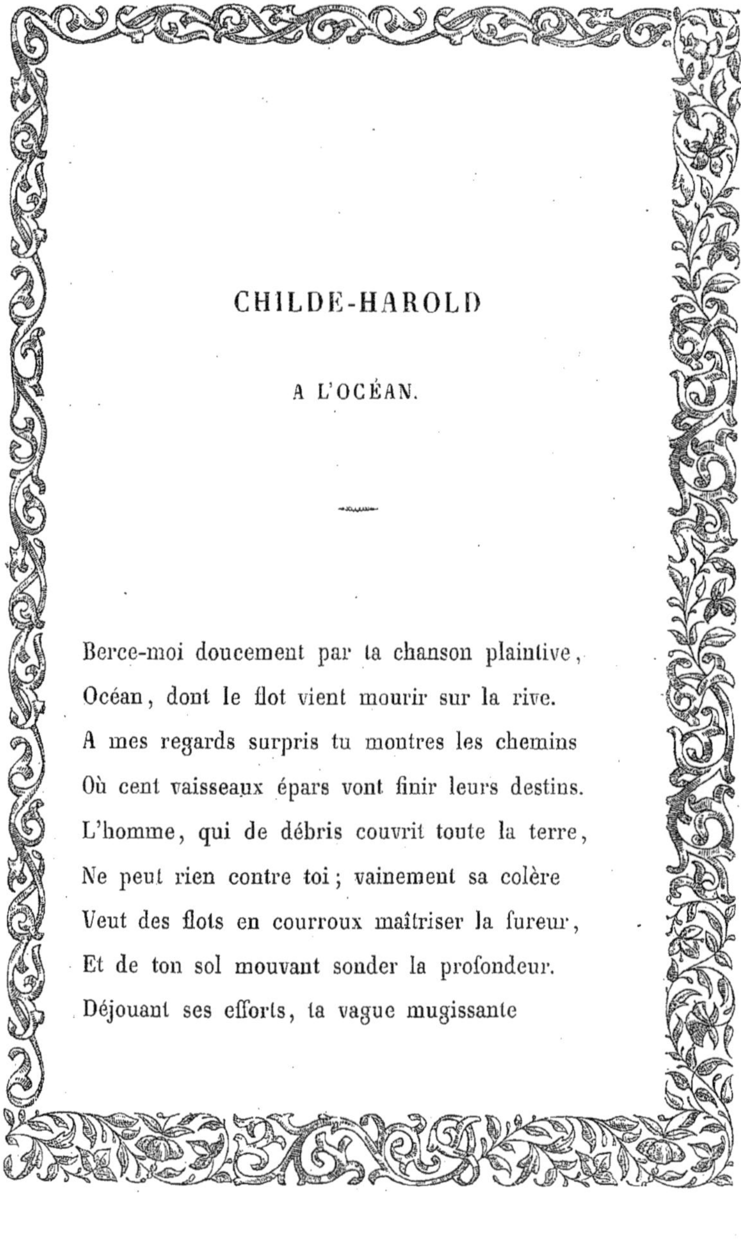

CHILDE-HAROLD

A L'OCÉAN.

Berce-moi doucement par ta chanson plaintive,
Océan, dont le flot vient mourir sur la rive.
A mes regards surpris tu montres les chemins
Où cent vaisseaux épars vont finir leurs destins.
L'homme, qui de débris couvrit toute la terre,
Ne peut rien contre toi ; vainement sa colère
Veut des flots en courroux maîtriser la fureur,
Et de ton sol mouvant sonder la profondeur.
Déjouant ses efforts, ta vague mugissante

Engloutit l'orgueilleux sous l'onde bouillonnante,
Où, privé de repos, il erre sans cercueil,
Meurtrissant ses pieds nus sur le tranchant écueil.
Nul ne pleure sa mort; oublié sur la terre,
Qui le vit s'effacer comme un songe éphémère,
Il n'est plus : triomphant, tu ris de ses revers,
Et règnes tout-puissant sur le vaste univers.

Sur ton sein bondissant gouvernant avec peine,
Il s'égare aux sentiers de la liquide plaine.
Le sillon frémissant qu'il imprime à ton flot,
Comme l'éclair brillant, disparaît aussitôt.
Toujours vaincu par toi dans ton vaste domaine,
Il passe chancelant sur l'onde qui l'entraîne,
Et ta puissante main, comme un jouet d'enfant,
Brise aux flancs du rocher son corps pâle et sanglant.
Ta vague en le poussant le conduit au rivage
Qu'appelaient ses désirs et qui voit son naufrage.
Dans le port fortuné qu'il voulait aborder,
Son cadavre vient seul tristement échouer.

L'orgueilleux conquérant, quand sa colère gronde,
De ses exploits guerriers fait retentir le monde.
Opprimant l'univers, il ne peut rien sur toi,
Et cherche, mais en vain, à devenir ton roi.
Couvrant ton vaste sein de ses flottes puissantes,
Qui, déchirant tes flots, s'avancent menaçantes,
Sur des bords inconnus il court porter la mort.
La victoire l'attend.... Mais un funeste sort
Fait sombrer le vaisseau qui porte le tonnerre;
Il disparaît bientôt, couvert par l'onde amère,
Et ton lit écumeux, loin de tous les regards,
Va servir de cercueil à ses débris épars.

Qu'a fait la main du temps des cités triomphantes
Qui dressaient dans les airs leurs flèches élégantes?
Sur la rive où jadis Rome dictait sa loi,
Où mourait le martyr combattant pour sa foi,
Tout repose endormi; le cyprès funéraire
Est le seul gardien d'une noble poussière.
Le Bosphore est conquis, et le Grec impuissant

S'incline, humilié sous l'odieux croissant.
D'un tyran abhorré qui l'insulte et l'outrage,
En pleurant son pays, il subit l'esclavage.
Il regrette le jour où ses nobles aïeux
Trouvaient dans les combats un trépas glorieux.
Tout meurt excepté toi : les empires du monde
Disparaissent bientôt dans une nuit profonde,
Et ton flot murmurant, qui vient frapper le bord,
De ceux qui ne sont plus redit l'hymne de mort.

Miroir où le Seigneur aime à voir son image,
En contemplant des cieux son magnifique ouvrage,
Ton pur cristal, ridé par la bise du soir,
Au cœur du matelot met un rayon d'espoir.
Son œil va dans l'azur chercher la blanche étoile,
Et bientôt vers le pôle il dirige sa voile.
Battu par l'aquilon, qui gronde avec fureur,
Ou venant de tes bords caresser l'humble fleur,
En toi du Créateur la majesté rayonne.
La lune est de ton front l'immortelle couronne,

Et ton flot incessant, qui s'élève irrité,
Semble dire : C'est moi qui suis l'éternité !

J'aime tes flots d'azur, Océan, ton rivage
A mes yeux attristés rappelle mon jeune âge.
Ta grève, seul témoin de mes bruyants plaisirs,
De mon enfance a vu s'écouler les loisirs.
Emporté loin du bord sur ta blanche crinière,
Je me berçais, heureux comme au sein d'une mère,
Et, si l'onde en courroux venait en mugissant
D'écume recouvrir le perfide brisant,
Sans terreur j'écoutais les accents de ta rage.
Mon âme grandissait à la voix de l'orage ;
Puis, lassé par le bruit incessant de tes flots,
Je dormais quand la nuit descendait des coteaux.

L'ANNIVERSAIRE.

Pourquoi trembler quand cet anniversaire
Vient vous dire : Déjà tu comptes beaucoup d'ans ?
La jeunesse a parfois de bien tristes moments.
Mille soucis alors rendent le front sévère.
Enfants, l'amour torture notre cœur.
L'ambition, décevante chimère,
Plus tard vient nous leurrer en notre vie amère,
Et ne donne pas le bonheur.
Si l'âge à vos cheveux d'ébène
Mêle quelques fils argentés,

Que vos regards ne soient point attristés.

L'automne a ses beaux jours ; pourtant elle ramène

L'aquilon, qui flétrit la feuille de nos bois.

Vous le savez, la nature a ses lois ;

Ne murmurez jamais contre elle.

Mais quand le temps creusera votre front,

Cachez en souriant chaque ride nouvelle

Sous des fleurs, comme Anacréon.

LE ROI DES FLEURS.

CAUSERIES D'ENFANTS.

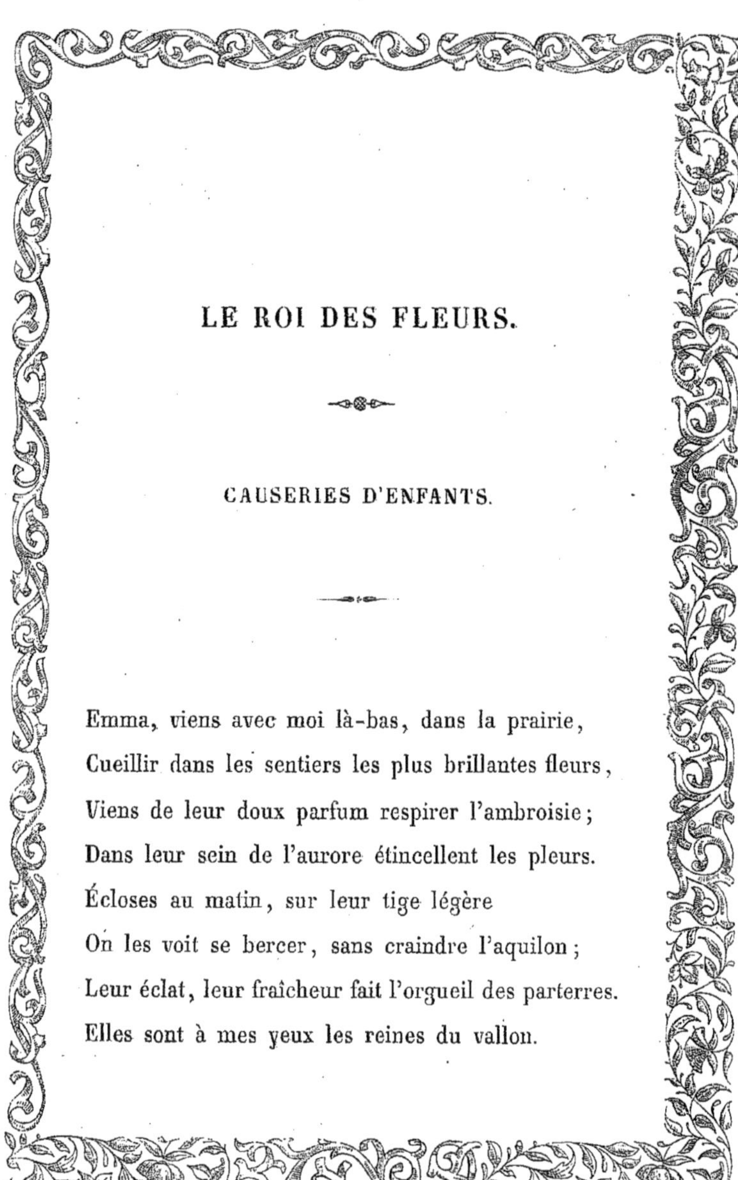

Emma, viens avec moi là-bas, dans la prairie,
Cueillir dans les sentiers les plus brillantes fleurs,
Viens de leur doux parfum respirer l'ambroisie ;
Dans leur sein de l'aurore étincellent les pleurs.
Écloses au matin, sur leur tige légère
On les voit se bercer, sans craindre l'aquilon ;
Leur éclat, leur fraîcheur fait l'orgueil des parterres.
Elles sont à mes yeux les reines du vallon.

Leur front n'est-il point ceint d'une riche couronne ?
Admire de ce lis l'éclat éblouissant.
Ce tertre de gazon peut lui servir de trône ;
A ses genoux déjà s'incline un courtisan.
Regarde-le, ma sœur ; son maintien doux, timide,
Du noble souverain obtiendra la faveur.
De ce pâle bluet caché dans l'herbe humide
Je veux dès cet instant faire un puissant seigneur.

OEillets, jasmins, formez vos légères guirlandes.
Répandez dans les airs votre encens le plus doux.
Quand on règne, du peuple on aime les offrandes ;
De l'amour des sujets un monarque est jaloux.
Rose, de la beauté le symbole et l'image,
Je veux à ses côtés placer ton front vermeil.
Demain je reviendrai vous porter mon hommage,
Quand l'aube de mes yeux chassera le sommeil.

Mais la nuit vint ; l'enfant, triste et l'âme oppressée,
Le cœur gros de soupirs, abandonna ses fleurs.

L'orage au ciel grondait; par l'ouragan brisée,
La rose s'effeuillait et perdait ses couleurs.
Bientôt du souverain la corolle flétrie
Roula sur le gazon, qui devint son tombeau.
Le seul bluet, penché sur sa tige fleurie,
Au retour du soleil, se balançait plus beau.

PRÈS DU BERCEAU.

Enfant aux blonds cheveux, à la bouche riante,
Au front chaste, au regard suave et gracieux,
Toi qu'un jour Dieu, touché de ma prière ardente,
Fit, pour combler mes vœux, abandonner les cieux ;

Pour descendre vers moi, tu quittas la patrie
Où sur sa harpe d'or le brûlant séraphin
Chante de l'Éternel la puissance infinie,
Et sans ailes tu vins te cacher dans mon sein.

Merci pour le bonheur que donne ta présence,
Pour tes baisers si doux, tes caresses d'enfant,
Tes baisers où mon cœur puise son existence,
Quand ton front sur le mien s'incline mollement.

Pour toi les rêves d'or, les joyeuses pensées,
Des tièdes nuits d'été les parfums enivrants,
Du brillant rossignol les notes cadencées,
Tout ce qui peut te plaire et charmer ton printemps.

Pour toi les jeux sans fin, les courses incertaines
Dans ces vallons ombreux, méandres enchanteurs,
Où, comme un long ruban déroulé dans les plaines,
Le ruisseau qui s'enfuit donne la vie aux fleurs.

Le plus riche joyau de l'écrin d'une femme,
C'est l'enfant endormi qu'elle berce en chantant,
L'ange dont le regard, vive et brillante flamme,
Peut seul de ses douleurs amoindrir le tourment.

Doux et naïf regard où mon âme se noie,
Ineffable clarté, mirage éblouissant,
Dans mes sens éperdus de tendresse et de joie
Seul tu portes l'extase et le ravissement.

Fleur, au parfum si pur, à la fraîche corolle,
Lis que l'œil maternel voit croître chaque jour,
Dors, je veille sur toi; n'es-tu pas mon idole,
Et mon cœur n'est-il pas un abîme d'amour?

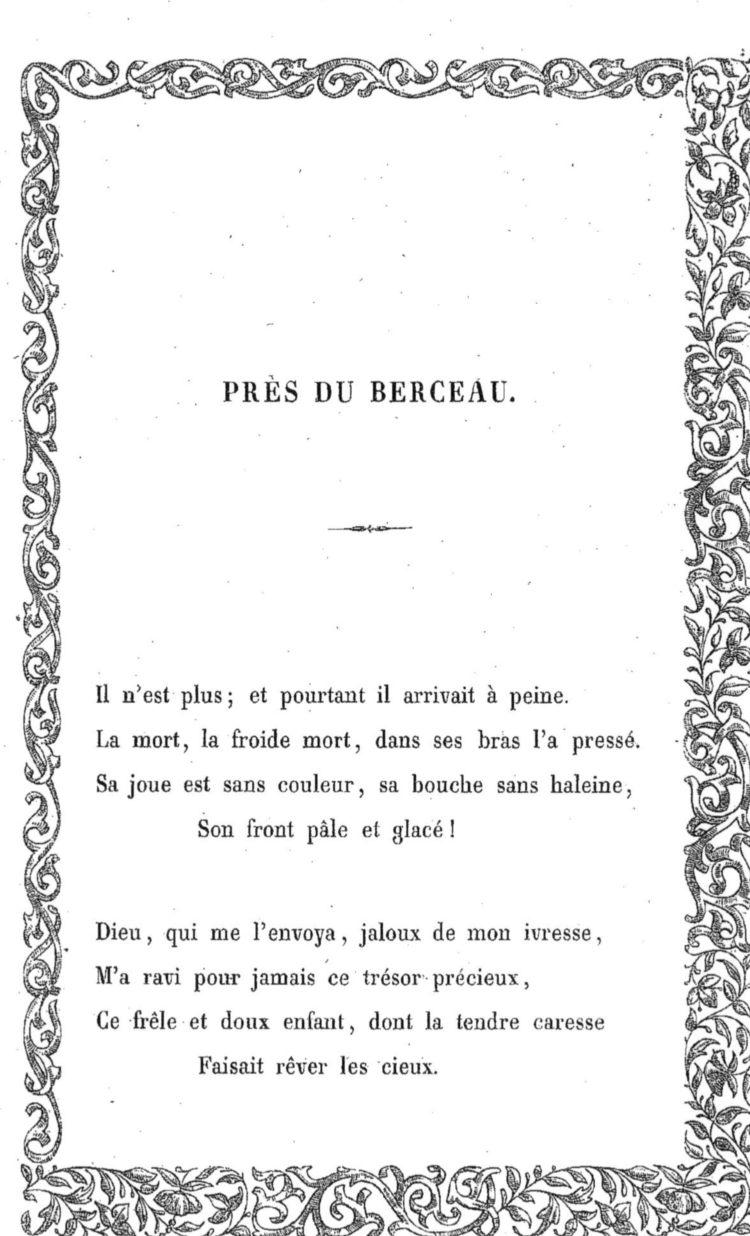

PRÈS DU BERCEAU.

Il n'est plus ; et pourtant il arrivait à peine.
La mort, la froide mort, dans ses bras l'a pressé.
Sa joue est sans couleur, sa bouche sans haleine,
                    Son front pâle et glacé !

Dieu, qui me l'envoya, jaloux de mon ivresse,
M'a ravi pour jamais ce trésor précieux,
Ce frêle et doux enfant, dont la tendre caresse
                    Faisait rêver les cieux.

De son léger berceau soulevant la tenture,
Je venais chaque nuit épier son sommeil;
Heureuse en admirant cette blanche figure,
J'attendais son réveil.

Plus de réveil pour lui; dans un froid mausolée
Mon pauvre enfant demain loin de moi dormira.
Sur ses restes chéris la terre amoncelée
Lourdement tombera.

Je veux le voir encor; ne suis-je pas sa mère?
Pourquoi m'éloignez-vous de ce fils bien-aimé?
Laissez-moi l'embrasser avant que dans la bière
Son corps soit enfermé.

Je n'entends plus sa voix; vainement de sa bouche
Mes longs baisers voudraient effacer la pâleur.
La mort, en s'appuyant sur le bord de sa couche,
A fané cette fleur.

Sa jeune âme, dont rien n'a souillé l'innocence,
Du céleste séjour a repris le chemin,
Et son sein, où je cherche un reste d'existence,
　　　Reste froid sous ma main.

Bientôt, brisant le nœud qui l'enchaîne à la terre,
Mon cœur, las de souffrir, au ciel s'envolera,
Et le Seigneur, touché des larmes d'une mère,
　　　A son fils la rendra.

MIRAGES.

A MONSIEUR DE S***.

De tes vers j'ai longtemps savouré la douceur.
Je me suis enivrée à la coupe enchantée;
Ma lèvre de son miel est encore humectée,
Et tes accents toujours vibreront dans mon cœur.

Tes chants ont éveillé dans mon âme rêveuse
Mille vagues désirs; puis, soudain emportés,
Mes pensers ont franchi la cime audacieuse
De ces monts escarpés, à la tête neigeuse,
Et de Naples j'ai vu les vallons enchantés.

Suivant ton vol, j'ai vu, non loin du flot tranquille,
Du Vésuve, le soir, s'allumer le flambeau.
En saluant le tertre où repose Virgile,
Au laurier dont Pétrarque orna ce saint asile,
J'ai cueilli tristement un verdoyant rameau.

Sur les riants coteaux où ta muse m'enlève,
J'aime à m'asseoir, à l'heure où la lune se lève
    Sur le golfe endormi,
Quand du vert oranger la fleur longtemps fermée
Livre aux baisers du soir son haleine embaumée
    En s'ouvrant à demi.

Silencieuse nuit, dont la pâle lumière
Prête à tous les objets une forme étrangère,
    Moment délicieux
Où sur mon front rêveur l'ange Ariel se penche,
Et, m'effleurant la lèvre avec son aile blanche,
    Vient me parler des cieux.

Sur le sommet des monts l'étoile radieuse
Scintille et dans l'éther se berce gracieuse ;
                Son éclat chatoyant,
A travers les rameaux dont s'embellit la rive,
Épanche mollement sa lueur fugitive
                Sur le flot ondoyant.

Parfois à l'horizon la lave éblouissante
Du cratère embrasé s'élance bouillonnante.
                Son panache de feu
Secoue, en se tordant, de rouges étincelles,
Que la brise du soir emporte sur ses ailes
                Vers le ciel calme et bleu.

Quand ces songes si purs, ces décevants mirages,
Qui de ces bords aimés nous montrent les images,
                Enivrent tous mes sens,
C'est toi que je bénis ; car ta lyre, ô poëte,
Verse à flots dans mon âme incomprise, inquiète,
                Ses accords ravissants.

                                    16

Le charme de tes vers, ta suave parole,

Ainsi que les parfums qu'exhale la corolle

D'une brillante fleur,

Apaise les douleurs; de ton hymne bénie.

Les gracieux accents, l'ineffable harmonie,

Ont ranimé mon cœur.

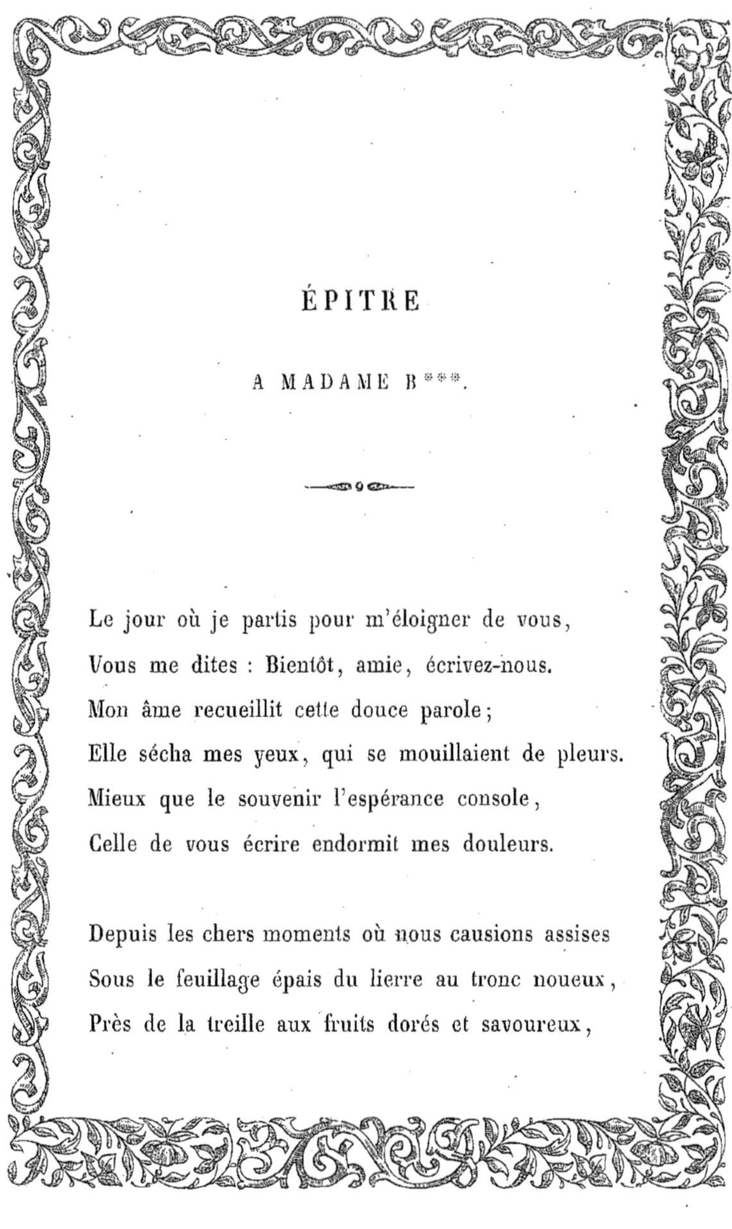

ÉPITRE

A MADAME B***.

Le jour où je partis pour m'éloigner de vous,
Vous me dites : Bientôt, amie, écrivez-nous.
Mon âme recueillit cette douce parole ;
Elle sécha mes yeux, qui se mouillaient de pleurs.
Mieux que le souvenir l'espérance console,
Celle de vous écrire endormit mes douleurs.

Depuis les chers moments où nous causions assises
Sous le feuillage épais du lierre au tronc noueux,
Près de la treille aux fruits dorés et savoureux,

J'erre seule, écoutant la triste voix des brises
Gémir plaintivement dans les hauts peupliers
Qui des bords de l'Hérault ombragent les sentiers.

Ici tout est silence, et la seule harmonie
Qui mêle ses accords au murmure du vent,
C'est le flot endormi, qui bruit doucement,
De l'Angelus du soir la sainte mélodie,
Et le frémissement de la feuille jaunie,
Qui de l'arbre à mes pieds vient tomber lentement.

Vers Dieu la solitude élève la pensée.
Du monde dans ces lieux la trace est effacée;
Ses folles voluptés, qu'on appelle plaisirs,
N'éveillent dans les sens ni regrets ni désirs.
Le frais sentier, méandre où de la fleur d'automne
Se penche tristement le calice embaumé,
L'onde qu'enserre encore une fraîche couronne,
Tout enivre le cœur, et mon esprit charmé
A de vagues pensers mollement s'abandonne.

Mon rêve le plus beau m'entraîne doucement
Vers ces jours près de vous passés si promptement.

Bientôt pourtant ces lieux, qu'un pur rayon colore,
Où l'oiseau vient chercher un abri verdoyant,
Perdront tout leur mystère, et le fleuve en fuyant
Entraînera la branche où se balance encore
Ce doux fil de la Vierge au reflet chatoyant
Qu'on voit briller doré par les feux de l'aurore.

Et le poëte, alors que ces vallons déserts
Disparaîtront noyés sous un humide voile,
Quand les cieux obscurcis, de nuages couverts,
Pour ses regards rêveurs n'auront pas une étoile,
A vos lettres devra plus que l'azur du ciel,
Dont l'hiver va bientôt priver son existence,
    Car votre bénigne influence
Fera vers lui le soir redescendre Ariel.

SUZANNE.

A tous les doux parfums dont mai couvre la plaine,
Et que la folle brise apporte jusqu'à nous,
Je préfère, Suzanne, assis à tes genoux,
Les doux parfums de ton haleine.

Que le poëte cherche au sein du pâle azur
D'une étoile qui fuit la tremblante lumière;
L'astre adoré que suit en tous lieux ma paupière,
C'est ton regard d'almée, à la fois tendre et pur.

Aux doux refrains d'amour que chante à la nature
Le rossignol caché sous la voûte des bois,
Mon cœur préfère encor la note fraîche et pure
Que soupire pour moi ton amoureuse voix.

En vain à ses plaisirs le monde me convie.
Loin de toi pour mon âme il n'est point de bonheur.
Ton amour est de tous le seul bien que j'envie,
Tant qu'il me restera, le souffle du malheur
     Ne peut ternir ma radieuse vie.

PREMIER AVEU.

Ton gracieux aspect chasse au loin la tristesse.
En te voyant, mon être, avide de bonheur,
Sous le poids inconnu d'une céleste ivresse,
Frissonne, et ton penser vit toujours dans mon cœur.

Les longs ravissements où me plonge ta vue,
Le trouble que ton nom met sur mon front pâli,
Tout parle de tendresse, et dans mon âme émue
Scintille ton regard d'innocence rempli.

De mon premier amour reçois, ô jeune femme,
Les timides aveux ; mélancolique enfant,
Je vais partir, hélas ! n'emportant que ma flamme
Et le doux souvenir du rêve d'un moment.

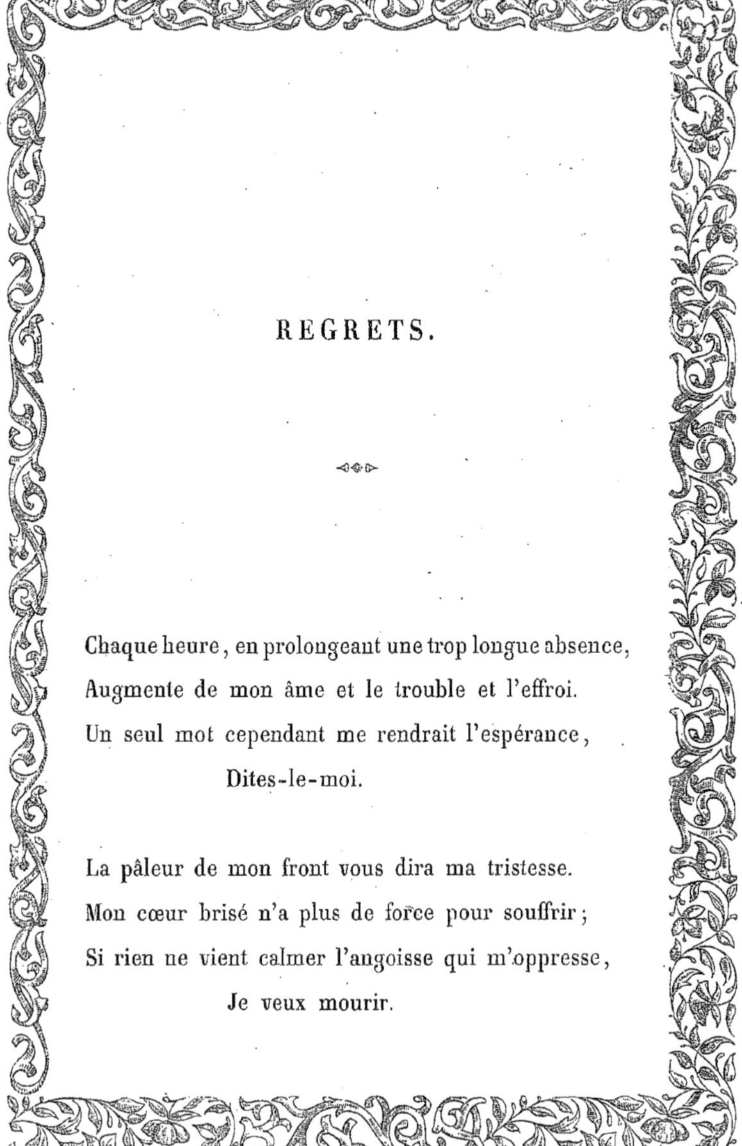

REGRETS.

Chaque heure, en prolongeant une trop longue absence,
Augmente de mon âme et le trouble et l'effroi.
Un seul mot cependant me rendrait l'espérance,
Dites-le-moi.

La pâleur de mon front vous dira ma tristesse.
Mon cœur brisé n'a plus de force pour souffrir ;
Si rien ne vient calmer l'angoisse qui m'oppresse,
Je veux mourir.

Déjà l'illusion s'envole, et ma pensée
D'un rêve gardera longtemps le souvenir.
Nulle ombre ne pourra ni voiler, ni ternir
La douce et chère image en mon âme placée.

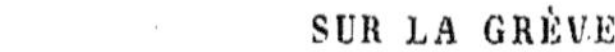

A L'ITALIE.

1848

Ton front, longtemps courbé sous un joug détesté,
Doit briller aujourd'hui d'une noble fierté.
Ne crains plus désormais la honte, l'esclavage.
Un bras puissant se lève ; il saura te venger.
Dieu protége ta cause, et loin de ton rivage
Bientôt fuira vaincu l'arrogant étranger.

Aux brillants souvenirs de ta sublime histoire,
Retrempe ton courage. A tes pieds autrefois,

Tes ennemis tremblants, subjugués par ta gloire,
Venaient, humbles vassaux, te demander des lois.

Ton climat, tes parfums, poétique contrée,
Amollirent tes sens; de plaisirs enivrée,
D'un avenir funeste ignorant les douleurs,
Tu t'endormais le soir sous tes berceaux de fleurs.
Séduit par ta beauté qui n'a point de rivale,
Par l'éclat de tes cieux à nul autre pareil,
Le Scythe abandonna sa steppe sans soleil,
Franchit de sa forêt la limite inégale,
Te surprit au milieu d'un sommeil enivrant;
Chargea tes bras de fers et devint ton tyran.

Par ses embrassements tu ne fus point souillée.
Relève avec orgueil ta tête humiliée.
Libre, tu vas revoir ces jours où les Romains
De l'univers soumis peuplèrent les chemins.
L'ombre de tes guerriers sur leur tombe glacée,
Au bruit de tes exploits, tout à coup s'est dressée;

Et l'éclatant succès de tes nobles efforts
Au loin va réveiller d'unanimes transports.
Baisant du sol natal l'héroïque poussière,
Le proscrit reviendra défendre sa bannière.

Marche! la croix te guide; à son aspect divin,
L'ennemi contre toi voudrait lutter en vain.
Le héros que tu suis te conduit à la gloire.
La liberté sera le prix de ta victoire.

LE CHANT DU MARIN.

Enfant de ce rivage,
Mes plus joyeux concerts
Sont les voix de l'orage
Qui grondent dans les airs.
Quand mugit le tonnerre,
Je vais, sans y songer,
Sur ma barque légère
Affronter le danger.

Glissant sur l'onde amère,
Comme un blanc alcyon,
La vague en sa colère
Souvent mouille mon front.
Quand je vois sur ma tête
Le flot s'amonceler,
Je nargue la tempête
Et rame sans trembler.

J'aime l'algue légère
Que le flot jette au bord,
Le phare tutélaire
Qui nous montre le port,
Mon refrain qui se mêle
Au murmure des vents,
Mon esquif qui chancelle,
Sans craindre les autans;

J'aime la blanche voile
Glissant sur l'Océan;

Le soir j'aime l'étoile

Brillant au firmament,

La vague au roc poussée

Accourant se briser,

D'Alba ma fiancée

Le chaste et doux baiser.

LA BAIGNEUSE.

IMPRESSIONS.

Sous ton flot pur qui ruisselle,
O mer, je viens tous les jours
Baigner mon corps souple et frêle,
Et de nouveau je suis belle,
Grâce à ton puissant secours.

J'aime de ton onde claire
Le limpide et pur miroir ;
Il reflète la lumière

Du soleil qui nous éclaire
De ses rayons jusqu'au soir.

Quand l'écume blanchissante
Vient mouiller mes blonds cheveux,
Sous ta vague murmurante
Je me berce souriante
En rêvant des jours heureux.

Sur ta crinière ondoyante
Je m'étends nonchalamment:
Puis je nage haletante,
Sillonnant l'eau frémissante,
Comme un cygne au col d'argent.

Mais bientôt le froid me presse.
Je frissonne sous ta main.
De regrets mon cœur s'oppresse.
Je te quitte avec tristesse ;
Mais je te verrai demain.

Quand au loin la foudre tonne
Et réveille les échos,
Que ta forte voix résonne,
Et que l'écume couronne
Le sommet des grandes eaux.

Tremblante au bruit de l'orage,
Le front pâle de terreur,
Je fuis à regret la plage,
Où bientôt ton flot sauvage
Va bondir avec fureur.

Mais enfin, moins courroucée,
Ta vague meurt sur le bord,
Et ta voix faible et lassée,
Par la fatigue oppressée,
S'éteint dans un triste accord.

Ta chanson douce et plaintive
Charme seule mon loisir.

Souvent je viens sur la rive
Dans mon oreille attentive
Recueillir ton long soupir.

De ta grève solitaire
J'aime le vert tamarin.
J'aime aussi l'odeur amère
Du lit de mousse légère
Où je m'assieds le matin.

Bientôt, fuyant ton rivage,
Je te ferai mes adieux,
Et bien souvent ton image
Viendra, décevant mirage,
Me rappeler ces beaux lieux.

EN MER.

L'air était tiède et pur ; sur l'onde éblouissante
Du soleil scintillaient les mille rayons d'or.
La rive était déserte, et la vague écumante
De ses festons neigeux venait franger le bord.

Au loin, des blés jaunis la moisson inclinée
De tapis ondoyants recouvrait le vallon.
Dans les plis des ravins, de vigne couronnée,
Plus d'une humble chaumière à l'étroit horizon,
Comme un nid, sous les fleurs dont elle était ornée,
Cachait son toit de mousse et son banc de gazon.

Jamais plus doux aspect ne vint charmèr ma vue.

Sur tous ces frais tableaux se fixait l'œil errant.

Aux sommets escarpés la chèvre suspendue

Dispersait des genêts le feuillage odorant.

De la cloche argentine à son col appendue,

Gracieuse et légère, elle avait en courant

    Fait tinter le grelot vibrant.

Ce bruit, qu'à mon oreille un doux zéphyr apporte,

Se mêlait à la voix des joyeux matelots,

Tandis que notre esquif, comme une feuille morte

    Que la brise d'automne emporte,

    Volait rapide sur les flots.

Comme un écrin, brillait sur le sable des grèves

La coquille nacrée aux chatoyants reflets ;

Le vent des tamaris inclinait les bouquets,

Et des hameaux déjà l'aube chassait les rêves.

La brume floconneuse à demi nous cachait

Du nocturne fanal la lueur effacée,

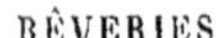

Et la nacelle, au loin par la lame poussée,
   Sur l'azur liquide penchait.

La toile se gonflait, et bientôt de la terre
Un voile transparent déroba les contours.
Le ciel versait sur nous des torrents de lumière,
Et du cap avancé vainement la paupière
Dans l'humide brouillard cherchait les hautes tours.

La mer bruissait plaintive, et sa vague harmonie,
Comme un hymne divin, un chant religieux,
Au vague accord du vent mollement réunie,
Avec lui s'envolait et montait vers les cieux.

LE

CHANT DE L'ODALISQUE.

La lune dans les cieux se berçait blanche et pâle ;
Sur son hamac léger l'odalisque chantait,
    Et la voix de l'Orientale
    Au bruit des vagues se mêlait.

    Est-il plus douce destinée
    Que de régner dans le sérail ?
    De voir sa chevelure ornée
    De fleurs, de perles, de corail ?

SUR LA GRÈVE.

D'aller se pencher, enivrée
Par un parfum suave et pur,
Dans la balancelle dorée
Qui sillonne le lac d'azur ?

De folâtrer, pleine de joie,
Sous ces portiques élégants,
Froissant sous le corps qui se ploie
La moire aux reflets éclatants ?

De cacher sous l'or de son voile
Son regard doux et velouté,
Qui scintille plus que l'étoile
Qu'on voit au ciel briller l'été ?

De se mirer belle et parée,
Le front ceint d'un riche turban ?
De régner, sultane adorée,
Sur le cœur du fier Ottoman ?

D'aller le soir sous le platane,
A l'heure où le soleil descend,
Quand la felouque et la tartane
Glissent sur le flot transparent ?

Mes écrins sont pleins de parures.
J'ai l'émeraude aux reflets verts ;
J'ai les perles blanches et pures
Qu'on ne trouve qu'au fond des mers.

L'opale aux couleurs chatoyantes,
Les bracelets de fin rubis,
J'ai comme les rois sous leurs tentes
Des peaux de tigre pour tapis.

Ainsi chantait l'Orientale.
La lune était brillante et nageait dans l'azur,
Et la brise par intervalle
Emportait son chant doux et pur.

BORDS DE LA MÉDITERRANÉE.

A MONSIEUR DE L***.

Le moissonneur, après avoir lié sa gerbe,
Essuie avec sa main la sueur de son front ;
Puis, lassé, sur un lit formé de mousse et d'herbe
Il s'assied, et s'endort dans le creux du vallon.

N'a-t-il pas accompli sa tâche et vu sur l'aire
Les épis par ses soins en meules s'élever ?

Le repos après l'œuvre est le plus doux salaire,
Le seul bien qu'ici-bas l'homme puisse rêver.

Comme lui fatigué, tu viens sur nos rivages,
Après des jours remplis de tumulte, d'orages,
Chercher la paix au bord de notre mer d'azur,
Des brises aspirer les suaves haleines,
Et voir blanchir au loin dans nos fertiles plaines
L'odorant oranger sous un ciel calme et pur.

Sur la grève brillante, où la lame onduleuse
Décrit en s'épanchant sa courbe gracieuse,
Il est doux au déclin du jour d'aller s'asseoir,
Tandis qu'à l'horizon se dessine la voile,
Et qu'au bleu firmament étincelle l'étoile
Que tout regard rêveur aime à chercher le soir.

Au murmure incessant des vagues déroulées,
De ces heures de deuil à jamais écoulées
Pour toi s'effacera le morne souvenir.

Ton corps, régénéré par la douce influence
Des rayons lumineux qui dorent la Provence,
Bientôt grâce au printemps cessera de languir.

Sur ces bords où la vie a l'attrait d'un beau rêve,
Près du flot qu'en jouant un vent tiède soulève,
De clartés, de parfums mollement enivré,
Accordant une trêve aux mille soins du monde,
Laisse ces doux instants s'écouler comme l'onde,
Qui scintille à tes pieds sur le sable doré.

A l'heure où tu devras abandonner ces plages,
Ne quitte pas ces lieux où brille sans nuages
Le disque étincelant d'un soleil radieux,
Sans donner un regret au doux chant du trouvère,
A l'arome des fleurs dont se pare la terre,
Aux flots qui vont bientôt disparaître à tes yeux.

Je ne suis qu'une muse ignorée, inconnue,
Dont la voix jusqu'à toi n'est jamais parvenue,

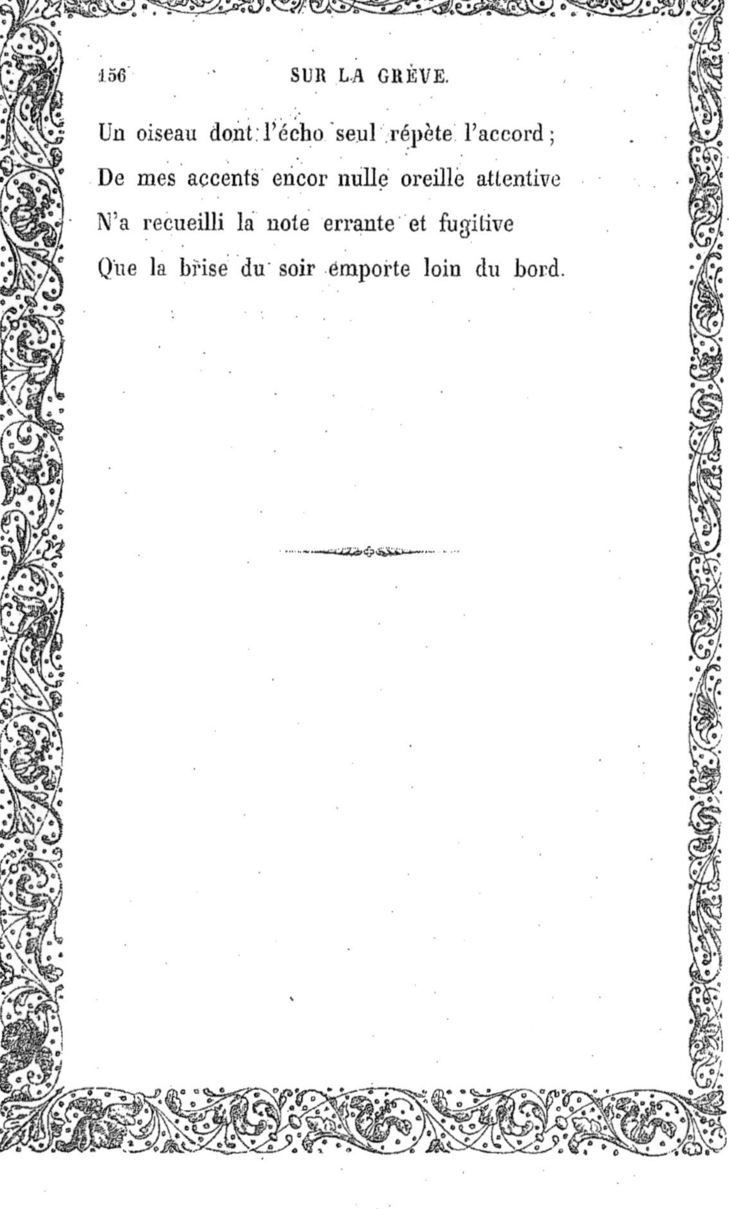

Un oiseau dont l'écho seul répète l'accord ;
De mes accents encor nulle oreille attentive
N'a recueilli la note errante et fugitive
Que la brise du soir emporte loin du bord.

LE HIGHLANDER.

Dors en paix, ma bonne claymore,
Sous la mousse entre ces halliers,
Avec l'Écosse dors encore
Jusqu'au jour où du cor l'appel mâle et sonore
Viendra réveiller ses guerriers.

Reste cachée ici sous l'épaisse bruyère,
Mais quand luira le jour où les clans belliqueux
Entonneront leur chant de guerre,

Du sang de l'ennemi tu rougiras la terre
Où nous combattrons tous pour nos rois malheureux.

Pour défendre tes droits, mon Écosse chérie,
Nous affrontons en vain les périls, les dangers.
La race des Stuarts errante et sans patrie,
Comme une pâle fleur par l'ouragan flétrie,
      Languit sous des cieux étrangers.

Courage, montagnards ! là-bas dans les vallées
Bientôt retentira le pibroc national ;
Pour bénir leurs enfants, sur les cimes voilées
Qui nous couvrent des cieux les voûtes étoilées
      Descendront les fils de Fingal.

Sous leurs savantes mains leurs harpes frémissantes
Des vaillants Écossais rediront les exploits,
      Car dans ces plaines verdoyantes
Bravant de l'ennemi les hordes menaçantes,
Nous saurons en héros reconquérir nos droits.

Jusqu'à ce jour, ô ma claymore,

Dors à l'ombre de ces halliers,

Dors; l'Écosse sommeille encore,

Et la cornemuse sonore

N'a point réveillé ses guerriers.

www.ingramcontent.com/pod-product-compliance
Ingram Content Group UK Ltd.
Pitfield, Milton Keynes, MK11 3LW, UK
UKHW020832120726
13693UKWH00002B/615